НЕВСКИЙ ПРОСПЕКТ - ДОСТОЕВСКИЙ ТУТ,
ГОГОЛЬ ТАМ

涅瓦大街，
陀思妥耶夫斯基在左，
果戈理在右

记忆在俄罗斯盛放

吴 玫 —— 著

孔 燕 —— 摄

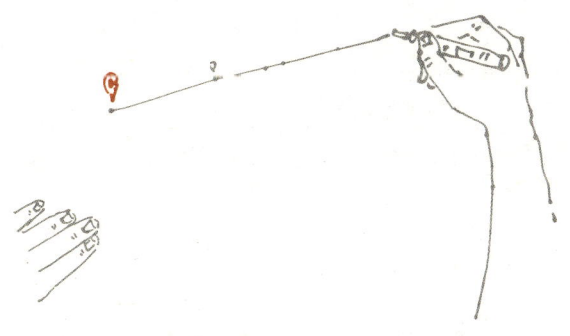

辽宁人民出版社

©吴 玫 2022

图书在版编目（CIP）数据

涅瓦大街，陀思妥耶夫斯基在左，果戈理在右：记忆在俄罗斯盛放 / 吴玫著；孔燕摄 .—沈阳：辽宁人民出版社，2022.2

（"思·行天下"系列）

ISBN 978-7-205-10260-9

Ⅰ.①涅… Ⅱ.①吴…②孔… Ⅲ.①随笔—作品集—中国—当代 Ⅳ.①I267.1

中国版本图书馆 CIP 数据核字（2021）第 170969 号

策划人：孔宁

出版发行：	辽宁人民出版社
	地址：沈阳市和平区十一纬路 25 号　邮编：110003
	电话：024-23284321（邮　购）　024-23284324（发行部）
	传真：024-23284191（发行部）　024-23284304（办公室）
	http://www.lnpph.com.cn
印　　刷：	辽宁新华印务有限公司
幅面尺寸：	145mm×210mm
印　　张：	6
字　　数：	120千字
出版时间：	2022 年 2 月第 1 版
印刷时间：	2022 年 2 月第 1 次印刷
责任编辑：	阎伟萍　孙　雯
装帧设计：	留白文化
责任校对：	冯　莹
书　　号：	ISBN 978-7-205-10260-9
定　　价：	58.00元

序言
preface

  我认识吴玫老师已经有十几年的时间了。吴玫老师的正式职务是上海教育报刊总社的编辑兼管理者。我知道吴玫老师毕业于上海师范大学，但我并不确定她是否当过老师。不过，从认识她的那一天开始，一直到今天，我是一直称她为"老师"的。

  这绝非出于客套，而是有理由的。

  吴老师曾经多次向我约稿，我当然敬谨奉命，为她主编的刊物写过长长短短的几十篇文章。这就让我有了很多机会，领教吴老师严谨的编辑工作和扎实的文字功底。我们经常会为文中的几个字争执得不可开交，不过，最后的结果总是令我们都很满意。所以，她是我文字方面的老师。

  恐怕不仅仅是由于职业的关系，我想主要还是因为吴老师本身是一位优秀的母亲，她对如何教育孩子以及当下的教育问题，确实有真知灼见。我经常就犬子的教育问题，向她请教。吴老师不以为麻烦，每次都小叩大发、黄钟雷鸣，让我感念，更令我钦佩。所以，她也是我教育方面的老师。

称呼她为"老师"的理由很多,我还可以列举下去。

交往的时间长了,我也就早已自居吴老师的好友之列,自以为对她还是相当了解的。但是,近几年来,我的这份自信却日见动摇。我发现,在吴老师文静雅致的外表背后,自有某种隐秘的蕴藏,极深极厚,如果没有长时间的蓄积,实在是难臻于此。吴老师的人文艺术素养,我多少是有所领略的。即便如此,我还是为之惊奇赞叹了。我想,吴老师的朋友们,都会有类似的感觉吧。

或许是其子已学有所成的缘故,吴老师蓄积有年的蕴藏还是显露出来了。仿佛是一夜之间,她忽然开始发表大量的音乐评论。说"评论"也许未必恰当。那些传播于友朋之间的音乐美文,是她聆听欣赏西方古典音乐的感受与领悟,像极了阅读文学经典之后自笔下流出的"读后感"。她的聆听和阅读交融无间,自然别有意味。

吴老师是很安静的,现在又仿佛是一夜之间,忽然开始满世界地旅游了。说"旅游"肯定不恰当,因为她怎么会是一名过客般的游客呢？吴老师依然是在阅读。她用行走的脚步、移动的眼光，用似云朵掠过天际的悠悠心情，在进行自己的阅读。"行万里路，读万卷书"是熟语了，好像也并不足以描摹吴老师的阅读。

眼前的这本书，就是吴老师阅读俄罗斯的纪游文字，却并不是一般的游记。我相信，读过这些文字的人，都会心生别样的欢喜。

我和吴老师是同龄人。说得平淡点，是"上有老、下有小"的"六〇后"；说得耸人听闻点，就是"上气不接下气，中间几乎断气"的中间的"六〇后"。其实，对于我们这代人来讲，俄罗斯的文学和艺术是有特别的意义的：我们出生在贫瘠甚至蛮荒的年代，那是我们珍贵无比的、几乎是唯一的资源和养分。如果顺便说到音乐，那就是我在偶然听到《贝加尔湖畔》时，会伤感，几近落泪的原因。这种凄凉苍白的无奈美感，是我们这代人的共同记忆的回声吗？

如果大家多少还有兴趣了解一下"既为人子女、又为人父母"的我们这代人,多少愿意感受下我们"气紧"的痛苦和"断气"的忧惧,那么,请读读吴老师的这本书吧!

我感谢吴玫老师的文字,更感谢读者诸君的阅读。

学者、作家　钱文忠

目录

序言 / 钱文忠　　// 1

阿赫玛托娃的皇村呢？　　// 1

背诵他，延续他　　// 13

高尔基去过克里姆林宫后　　// 25

跟着车尔尼雪夫斯基问过：怎么办？　　// 41

攥住他，让他相思　　// 53

灵魂碎了，安能苟且？　　// 65

涅瓦大街，陀思妥耶夫斯基在左，果戈理在右　　// 77

普希金，用鹅毛笔宣誓了俄罗斯的丰赡　　// 87

我有我的肖洛霍夫　　// 101

燕燕，我在重读屠格涅夫　　// 111

墓木已拱，但他从未走远　　// 119

不再回首，只为城南旧事？　// 131

隔排而葬，天堂里已经比邻了吗？　// 141

看看，十二月党人的女人们　// 151

女人，是英雄永远的手下败将　// 163

让他醉吧，他已完成《图画展览会》　// 173

阿赫玛托娃的皇村呢?

不少人认识了安娜·阿赫玛托娃[1]以后,就在圣彼得堡的皇村与她之间画了等号。

↙阿赫玛托娃

一个人应当大病一场,神志不清
全身滚烫,在恍惚中重遇每个人,
漫步在海风吹拂、洒满阳光的
海滨花园宽阔的林荫大道上

甚至死者,今天已经同意光临,
还有流放者,走进我的房子。
领着孩子把小手牵到我面前。
我已长久地错过了他。

---

1. 安娜·阿赫玛托娃(Anna Akhmatova, 1889—1966),本名安娜·安德烈耶芙娜·戈连科(Anna Andreyevna Gorenko),俄罗斯"白银时代"的代表性诗人。她曾被誉为"俄罗斯诗歌的月亮"(普希金曾被誉为"俄罗斯诗歌的太阳")。代表作:《黄昏》《白色的群鸟》《安魂曲》等。

>阿赫玛托娃故居博物馆窗户上的诗歌,圣彼得堡

>阿赫玛托娃故居博物馆内,圣彼得堡

涅瓦大街,陀思妥耶夫斯基在左,果戈理在右

我会和那些死去的人一起吃着蓝葡萄，
喝着冰红茶
葡萄酒，然后望着灰色瀑布飞流直下
溅落在这潮湿的燧石河床上

——伊沙、老G译

亲人死的死、流放的流放，孤苦伶仃的母亲本应跟孩子相依为命，却因为各种意外错过了与他相亲相爱的时机，安娜·阿赫玛托娃在这首《安魂曲·一个人应当大病一场》中，苦楚地希望自己能够进入大病的谵妄中。在那里，她就可以在阳光下的海边花园的林荫大道上，与死去的、被流放的亲人以及疏离自己的儿子重聚，喝着冰红茶和葡萄酒，闲看瀑布飞流直下。一个普通人卑微的愿望，对一个天才女诗人来说却是痴心妄想，只有在因大病而产生的虚妄中才能实现。你读此诗会伴生出怎样的情绪？反正我是难过得无语凝噎，只能在夜半三更站在阳台上遥望天空，希望看到一颗眨着眼睛的星星，我会以为那就是天堂里的安娜·阿赫玛托娃。我要问：尊敬的女诗人，你现在不需要靠着病中的胡思乱想才与所爱的人欢聚了吧？可是，夜空中已难见星星，于是，读诗之后的苦涩更加苦涩。更要命的是，此诗诗末，清楚地标注着：1922年春。这意味着什么？意味着生于1889年8月的阿赫玛托娃，写作此诗时，还是个美少妇。一个美少妇，却要承受对老

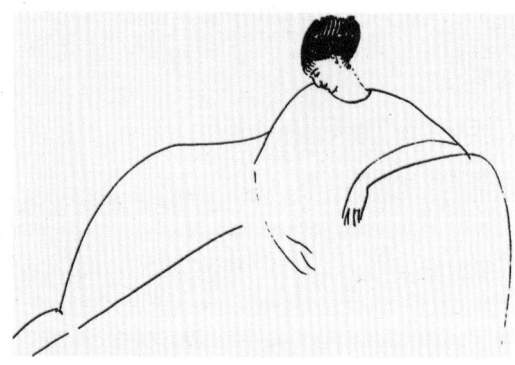

>安娜·阿赫玛托娃肖像画,莫迪利阿尼作品

妪来说差可相称的苦难,怎不叫爱诗爱美人的读诗者黯然神伤。

没有人怀疑安娜·阿赫玛托娃是一个美人吧?不确定的话,可参看意大利天才画家莫迪利阿尼[1]为阿赫玛托娃画的线条画。如今收藏在阿赫玛托娃故居博物馆里的这幅线条画,今天我们仔细端详,会看到莫迪利阿尼在勾勒坐在对面的女诗人时,下笔那么坚定!一个画家在纸上落下模特儿的样子时什么情形下才会落笔无悔?一定是对对面那个人了如指掌的时候!是的,莫迪利阿尼速写这幅素描时,正深爱着女诗人,几乎一笔完成的女诗人有些丰腴的形体以及几乎没有细节的女诗人的容貌,面对这样的画作,

---

1. 莫迪利阿尼(Amedeo Modigliani,1884—1920),意大利艺术家、画家和雕塑家,为表现主义画派的代表艺术家之一。莫迪利阿尼的特色是大胆创作裸女画,曾受到当时保守风气严厉批评,时至后世才获得认可。莫迪利阿尼自幼即受到古代和文艺复兴美术的熏陶,且与巴伯罗·毕加索、康斯坦丁·布朗库西等著名艺术家交情匪浅,进而受到19世纪末期新印象派影响,以及同时期的非洲艺术、立体主义等艺术流派熏染,创作出深具个人风格,以优美弧形为特色的人物肖像画,而成为表现主义画派的代表艺术家之一。

>莫迪利阿尼

>阿赫玛托娃、古米廖夫与他们的儿子

>阿赫玛托娃与普宁

我们也许会觉得莫迪利阿尼在敷衍,但是,同样深爱着画家的阿赫玛托娃,却在线条的游走中看到了画家的情意,所以,打点行装回家时,女诗人将这幅速写带回了家。

两个人相爱的时候,莫迪利阿尼画里的阿赫玛托娃在看谁?最可信的说法是,她看着的是画家莫迪利阿尼,彼时,他27岁,是巴黎艺术圈里有名的美男子,且画名不凡。尽管遇见莫迪利阿尼的时候阿赫玛托娃正在与第一任丈夫古米廖夫度蜜月,但有人亲眼看见,阿赫玛托娃曾手捧玫瑰站在莫迪利阿尼家的窗下,久等莫迪利阿尼不回,阿赫玛托娃甚至将玫瑰扔进了窗里。那束花到底是玫瑰还是罂粟?美到绝顶却有毒,从此,蛊惑得阿赫玛托娃总是踏不准爱情和婚姻的节拍。

与诗人古米廖夫[1]的婚姻持续了八年后触礁,两人各奔东西后不久,阿赫玛托娃嫁给了考古学家弗拉基米尔·希列伊科[2]。阿赫玛托娃觉得,第一次婚姻失败罪尤在己,"我走向他,感觉自己是这样肮脏,我想净化自己"。她要

---

1. 古米廖夫(Nikolay Gumilyov,1886—1921),俄罗斯诗人,阿克梅派创始人之一。诗人阿赫玛托娃的前夫。代表作:《长颈鹿》《河马》《贡德拉》等。
2. 弗拉基米尔·希列伊科(Vladimir Shileyko,1891—1930),俄罗斯东方学家、考古学家、诗人、翻译。

阿赫玛托娃的皇村呢?

＞皇村周围风景

摆脱在情人间周旋的旧日生活，好好地经营婚姻和家庭。恰好，希列伊科要的是妻子而不是诗人，但阿赫玛托娃不谙家事，又与当时的苏联人民一样陷入了贫困交加之中，与希列伊科感情的裂隙始于难以为继的一日三餐，终于阿赫玛托娃不肯舍弃的诗文创作。也是，生活如此困厄，如果阿赫玛托娃舍弃了写诗，她还能通过什么度过苦厄？不过，她的第三次婚姻就让人觉得匪夷所思了，与艺术史家普宁[1]缔结婚约以后，她竟然同意与普宁还未离婚的妻子生

---

1. 普宁（Nikolay Nikolayevich Punin, 1888—1953），俄罗斯艺术学者和作家。他编辑了几本著名杂志，如《伊佐布拉齐特尔诺耶·伊斯库斯特沃》等，也是俄罗斯博物馆肖像部的联合创始人。普宁是诗人安娜·阿赫玛托娃的终身朋友和伴侣。

活在同一个屋檐下,而普宁,竟然还时不时地绕过阿赫玛托娃,去妻子的床榻送安慰,从精神到肉体。奇怪的是,面对普宁带给她的冷暴力,阿赫玛托娃居然忍气吞声,始终与之生活在封坦卡的大楼里,直到普宁在妻子过世后再娶他人,直到普宁被流放到西伯利亚。这到底是为了什么?

既然到了俄罗斯,既然到了圣彼得堡,既然到了皇村,我想找一找答案。

圣彼得堡的皇村,如今圣彼得堡人更愿意称它为普希金城,就在圣彼得堡城南 25 公里处。皇村的主要风景是叶卡捷琳娜宫,在这栋浅色屋顶、蓝色墙体的宫殿里,昔日沙皇奢华的生活场景被一一重现。而英式的叶卡捷琳娜花园和亚历山大新公园,则与叶卡捷琳娜宫一起体现着皇村皇家气息的余韵。

我们从莫斯科出发的高铁到达圣彼得堡时已是中午,午餐之后直奔皇村,售票处已经"神龙见首不见尾"。他们是来见识沙皇鼎盛时期的奢华生活的吗?大多数慕名而来者,是为了普希金。年少的时候,普希金曾经在这里的贵族学校读过书,在这里留下了足迹,也在俄罗斯文学的历史中留下了一首诗《皇村回忆》。这首为考试而写的诗,一经作家本人在课堂上朗诵就长了腿,走遍了俄罗斯,走向了当时的欧洲文坛,而普希金,也成了将俄罗斯文学带至一种新境界的伟大诗人。《叶甫盖尼·奥涅金》《卜尉的女儿》《黑桃皇后》……大学时期,为了那一套《普希金诗集》,

＞皇村周围风景

涅瓦大街，陀思妥耶夫斯基在左，果戈理在右

阿赫玛托娃的皇村呢?

> 普希金纪念碑，圣彼得堡皇村

我曾经忍饥挨饿，至今都还记得，那一套诗集由上、下两本组成，一本绛红色封面、一本墨绿色封面。只是，喜欢《假如生活欺骗了你》已是很久以前的事情了，我来皇村想要祭奠的，是被生活欺骗了的安娜·阿赫玛托娃，于是就问年轻的导游尔丹，附近有阿赫玛托娃纪念馆吗？她茫然了好一会儿，摇着头指了指不远处普希金的塑像：黝黑的普希金坐在长椅上，右手托在脑后，左手惬意地搭在椅背上，仿若在回忆年少时他在皇村的一天又一天。

　　皇村因为普希金而荣耀天下。难道它不应该也因为安娜·阿赫玛托娃曾经生活在这里而自豪吗？这位在皇村生活了16年的女诗人，曾经这样描述皇村："富丽堂皇、苍翠欲滴的花园，奶奶带着我玩耍……"所以，我不相信圣彼得堡会抹去阿赫玛托娃在皇村的足迹，只是我不知道。

如果知道，我一定要在阿赫玛托娃当年行走过的街道、玩耍过的花园、进出过的店铺走一走，要在阿赫玛托娃居住过的房子前站一站，或许，我就能找到问题的答案了。这个问题是，能让全世界喜欢读诗的男人俯首称臣的杰出女诗人，为什么总是匍匐在婚姻的阴影里？难道她不知道，除了诗人，她还是一个很有魅力的女人吗？

1945年9月，出生于里加、后随全家移民到英国并成为伟大思想家的<u>以赛亚·伯林</u>[1]趁着随同英国政府访问苏联期间，想尽办法与他仰慕已久的安娜·阿赫玛托娃会面，是年，阿赫玛托娃56岁，伯林36岁。关于第一次见面，伯林回忆说："阿赫玛托娃从容不迫的动作让她显得极为尊贵——高贵的头，美丽而严肃的脸，透着极为凄楚的表情。我向她鞠一躬——这看来是恰当的，她像悲剧中的女皇般凝视和走动——感激她接待我。"这摄人魂魄的第一面，让以赛亚·伯林不能自已，当日，两人再次相见，彻夜长谈，关于诗歌和人生。四个月以后，以赛亚·伯林再度来到苏联与阿赫玛托娃见面，原因是，回到英国以后的伯林，发现自己已经放不下阿赫玛托娃。一个56岁的女人对36岁的男人有这样的吸引力，除了诗就没有爱情了吗？无论有还是没有，伯林的唐突让阿赫玛托娃失去了在

>以赛亚·伯林

---

1. 以赛亚·伯林（Sir Isaiah Berlin, 1909—1997），英国哲学家及观念史学家，被认为是20世纪的顶尖自由主义思想家。伯林对自由主义理论的论述影响深远，他在1958年的演说"两种自由概念"（Two Concepts of Liberty）中，区分了积极和消极自由，对以后关于自由和平等的关系讨论产生了极大的影响。

阿赫玛托娃的皇村呢？

苏联出版诗集的可能,从此,阿赫玛托娃更加孤苦、更加孤寂、更加傲视集权。

只是,如此有魅力的女诗人,结婚三次,一生都在与情人纠缠,怎么就找不到可以托付终身的伴侣?如果答案不在她长大的皇村,又会在哪里呢?也许在封坦卡大楼那间阿赫玛托娃长时间居住过的房间里。可是,为什么没有人告诉我,现在,那里已经成为阿赫玛托娃博物馆了?

﹥皇村

涅瓦大街,陀思妥耶夫斯基在左,果戈理在右

背诵他,延续他

1916年年初,奥西普·曼德尔施塔姆[1]在克里米亚海边与茨维塔耶娃[2]相识,是年,曼德尔施塔姆25岁,茨维塔耶娃24岁。正值生命的汁液最饱满的年华,又都是多愁善感的诗人,两个人相爱的热度节节攀升,克里米亚海边两个星期的假期过完以后,他们已经如胶似漆。家在圣彼得堡的曼德尔施塔姆奔波于圣彼得堡和莫斯科之间,去

>曼德尔施塔姆　　　　　　　　　　　　　　　　　　>茨维塔耶娃

---

1. 奥西普·曼德尔施塔姆(Osip Mandelstam,1891—1938),俄罗斯诗人、评论家,阿克梅派最著名的诗人之一、20世纪俄罗斯最重要的诗人之一。他的诗一开始受象征主义影响,后转向新古典主义并具有强烈的悲剧色彩。代表作:《石头》《特里斯提亚》《无名士兵的诗》等。
2. 茨维塔耶娃(Marina Tsvetaeva,1892—1941),俄罗斯白银时代诗人和作家。布罗茨基称其为20世纪俄罗斯最伟大的诗人。代表作:《傍晚的纪念册》《里程碑》等。

>曼德尔施塔姆诗选英文版插图版内页

到茨维塔耶娃的城市看望心爱的姑娘。被曼德尔施塔姆苦苦追求的甜蜜，让茨维塔耶娃喜不自禁，只要曼德尔施塔姆来到莫斯科，茨维塔耶娃就会带着他四处游历，"1916年的2月至6月是我生活中最美妙的日子，因为我把莫斯科送给了曼德尔施塔姆"。茨维塔耶娃热情而不无羞涩地宣称。

十月革命以后，流亡法国的作家爱伦堡[1]在他的《人·岁月·生活》一书中这样描述奥西普·曼德尔施塔姆："他身材矮小，体质虚弱……是个任性的、心胸狭隘的、忙忙碌碌的孩子。"心胸狭隘葬送了两位诗人的恋情，曼德尔施塔姆无法接纳热情似火的茨维塔耶娃，1916年8月，他从茨维塔耶娃身边逃走，他们的爱情故事画上了休止符。

1919年，曼德尔施塔姆遇到了娜杰日达·哈金娜[2]，两个人很快结婚。当才华横溢的曼德尔施塔姆娶了远远不及茨维塔耶娃有光彩的娜杰日达时，诗人的朋友中有没有人扼腕叹息过曼德尔施塔姆与茨维塔耶娃之间的爱情无疾而终？不知道。我们知道的是，娜杰日达·曼德尔施塔姆用了60多年的时间证明，她才是与奥西普·曼德尔施塔姆最般配的女人。

奥西普·曼德尔施塔姆，1891年1月3日出生在华沙

---

1. 爱伦堡（Ilya Ehrenburg, 1891—1967），苏联犹太作家、新闻记者和历史学家。
2. 娜杰日达·哈金娜（Nadezhda Mandelstam, 1899—1980），苏联作家，诗人奥西普·曼德尔施塔姆的妻子。代表作：《心存希望》《被放弃了的希望》等。

一个犹太人家庭，1938年12月27日死于符拉迪沃斯托克一个前往劳改营的中转站，终年47岁。生命不长，但是，曼德尔施塔姆用他的诗成为俄罗斯，不，全世界最长久的思念。

而成全我们在曼德尔施塔姆用诗构建起来的灵魂世界里沉潜并辗转的，就是娜杰日达，曼德尔施塔姆的太太。

这个从嫁给诗人那天起就只想过安稳日子的女人，却因为丈夫思想过于锋利和前卫，在她的81年人生中受尽了磨难。

奥西普·曼德尔施塔姆的创作高峰，出现在十月革命胜利以后的苏联，这个小个子男人真是生不逢时，创作灵感将其送至巅峰状态时，恰逢苏联言论管控最严厉之际。1934年，迫于斯大林的威权，苏联的作家们大多已经噤若寒蝉，但一直在曼德尔施塔姆脑子里躁动的诗行，没有因此而停歇，最终变成了"克里姆林宫里的山里人""那肥胖的指头像虫子""发出马蹄掌般的一道道命令"这样的诗句。当局说，这样的诗句就是写来反对、讽刺、挖苦斯大林的，曼德尔施塔姆能否认吗？同年5月13日，与曼德尔施塔姆惺惺相惜的女诗人阿赫玛托娃正好在他们家中做客，因为谈兴很浓迟迟未归，半夜一点多，突然响起了敲门声。娜杰日达一听，"是来抓奥西普的"。说罢前去开门。不知那时的娜杰日达是否想过，自己终生将生活在这种等待另一只皮靴落下来的惊恐中？

曼德尔施塔姆突然被捕了，虽然他的作家朋友们纷纷

涅瓦大街，陀思妥耶夫斯基在左，果戈理在右

>曼德尔施塔姆雕像,莫斯科

背诵他,延续他

出面营救，他却还是获罪，被判了三年流放。丈夫的家乡圣彼得堡是没有办法再待下去了，娜杰日达只好随丈夫被发配到乌拉尔山区的切尔登市。这个欧亚大陆交界处的小镇，冬天漫长多雪，人口稀疏，这让喜欢结交朋友的曼德尔施塔姆倍感不适，孤独和寂寞让他患了精神分裂症，他从医院的窗口跳楼自杀，未遂，摔断了胳膊。消息传到他的好友布哈林的耳朵里，在他的全力斡旋下，曼德尔施塔姆夫妇被允许搬迁到俄国的南方沃罗涅什。

沃罗涅什位于俄罗斯欧洲部分的西部，在莫斯科以南500公里处，美丽的顿河从城边缓缓流过。曼德尔施塔姆夫妇无暇欣赏美丽的顿河，就算是给电台、报社和杂志社三处地方打零工，曼德尔施塔姆都无法养活自己和妻子，他又不被允许进入首都，无奈之下，娜杰日达只好奔走于沃罗涅什和莫斯科之间，用在莫斯科打零工获取的报酬贴补家用。眼见妻子的忙碌和劳累，曼德尔施塔姆非常心疼，"我不希望你变成一个到处找工作的人……"可是，没有娜杰日达奔波到莫斯科赚取的那一点点卢布，他们夫妇能挨到1937年的5月16日吗？

1937年5月16日，曼德尔施塔姆刑满获释，可这并不能改善他们夫妇的生活，因为曼德尔施塔姆被规定，不能居住在任何大城市，他只好带着娜杰日达在莫斯科周边的小镇漂泊。那些日子里，娜杰日达把仅有的几件家当装进行囊，还有自己的性命。女人的敏感告诉她，就是这样漂泊不定的生活，也不属于他们夫妇。果然如此。

1938年5月1日,曼德尔施塔姆再次被捕,原因是,他写信到作协,希望在他们的帮助下,自己与妻子的生活能够安定下来。彼时,一直被一些人视作曼德尔施塔姆保护伞的布哈林已遭清洗,在苏维埃政权里失去了依靠的曼德尔施塔姆被人落井下石,而这一次他得到的罪名更加严重:反革命。

没有人告诉娜杰日达,她的丈夫被关在了哪里,将要被送往哪里,她从丈夫寄给他弟弟的信中获知,丈夫已经虚弱得奄奄一息,希望得到御寒的衣被。寄往符拉迪沃斯托克的棉衣棉被在来年被原封不动地退了回来,见到包裹,娜杰日达一定在倒吸一口凉气后确认:自己最害怕的事情还是来了,丈夫奥西普·曼德尔施塔姆死了,病死、饿死、冻死在了异乡。

"反革命"丈夫死了,作为"反革命"家属,娜杰日

>1938年曼德尔施塔姆第二次被捕时的照片

背诵他,延续他

达完全可以选择与曼德尔施塔姆脱离关系，以洗白自己的身份，但她却选择了一条对一个女人来说意味着贫困、艰苦、寂寞的人生道路。

莫斯科西北部有一座城市叫普什科夫，那里的一座大教堂被后来流亡美国的苏联作家布罗茨基[1]认为是苏联最宏伟的教堂，他想去看看那座教堂，那一年是1962年。安娜·阿赫玛托娃得知这个信息以后，建议布罗茨基顺路去拜访一下奥西普·曼德尔施塔姆的太太娜杰日达·曼德尔施塔姆。

1962年，距离曼德尔施塔姆因为"反革命"罪客死符拉迪沃斯托克已经24年，但在布罗茨基看来，国家因为

＞布罗茨基

---

1. 布罗茨基（Joseph Brodsky，1940—1996），苏联出生，美籍犹太裔诗人、散文家。代表作：《我坐在窗前》《见证与愉悦》《小于一》《布罗茨基谈话录》等。

痛恨诗人生前的所作所为以及那些永远不会消逝的诗行，迁怒于一个孤苦伶仃的妇人。娜杰日达去世之后，在一篇《娜杰日达·曼德尔施塔姆》的讣闻中，布罗茨基这样回忆他在普什科夫教育学院教授英语时"享受"到的生活条件："它（娜杰日达居住的房子）的面积有八平方米，相当于一般美国家庭的浴室那么大。房中的大部分空间都被一张铸铁制的床占去了，除此之外还有两把柳条椅、一个镶着一面小镜子的衣橱和一张多用途的床头桌。"那是一处破败得能够让女人丧失生活勇气的住所。

与这种简陋的生活环境形成反衬的，是娜杰日达丰富的内心世界。在同一篇文章里，处在困境中阅读禁书的细节表明，她从来没有惧怕过集权的钳制；此外处境也不佳的安娜·阿赫玛托娃以其胆气和豪气，尽己所能地保护着好友的遗孀并给她极大的精神鼓励。布罗茨基的判断非常准确，曼德尔施塔姆死于非命之后，做过两次"反革命"遗孀的阿赫玛托娃深知娜杰日达度日如年的艰难，不停地帮助娜杰日达，最值得我们称颂的是，大饥荒时期，阿赫玛托娃把娜杰日达接到她身边，将自己不多的食物分给她。

安娜·阿赫玛托娃的友情和以赛亚·伯林的书籍的确给了无望的娜杰日达活下去的勇气。不过，娜杰日达在丈夫死后之所以能够坚持着在这个对她过于残忍的世界里又生活了42年，是因为一个隐秘的愿望始终支撑着她，这个愿望，就是要看到丈夫的作品能够出版，能够被更多的人读到，丈夫能够因为这些杰出的诗句而荣耀。

没有人向娜杰日达宣布过她的丈夫已经客死他乡，来报丈夫死讯的，只有那个她亲手缝制的、装满她的牵挂和担忧的包裹，从那时起，娜杰日达便很清楚奥西普·曼德尔施塔姆在集权眼里的"颜色"，她又耳闻目睹过那些作家、诗人一旦被捕，所有的作品都被搜剿、毁弃的倒行逆施，而她作为一个不肯向当局妥协的"反革命"遗孀，不知道哪一天，秘密警察就会盯上她，那样的话，丈夫那些呕心沥血之作，很有可能荡然无存。是的，可以将丈夫的手稿藏匿起来，甚至，自己可以抄录一遍丈夫的作品做备份再藏匿起来，但娜杰日达已经不相信白纸黑字能够保存到丈夫的作品被允许出版的那一天，她觉得，唯一妥帖的办法，就是将丈夫用生命换来的诗背诵下来。虽然娜杰日达已经人到中年，又思虑过度，还缺乏必要的营养，记忆力极度衰退，常常是刚刚背熟的诗，一转身就已在脑海里了无痕迹，但是，她虽沮丧却不放弃，在普什科夫是这样，到了20世纪60年代末期、20世纪70年代早期，娜杰日达被允许搬迁到莫斯科郊区的公寓里，她更是将背诵丈夫的作品作为日常必做的功课，只是那时，她的功课又多了一项，就是不停地为蒙冤而逝的丈夫写申辩材料。

1973年，曼德尔施塔姆的诗集终于出版了。当丈夫的诗结集成一本书放在自己面前时，娜杰日达真是百感交集。丈夫第一次被捕刑满释放之后为能果腹自己从沃罗涅

>曼德尔施塔姆诗选,不同语言版本

什去莫斯科打工时的艰难;确认丈夫死讯后,生怕自己也遭不测东躲西藏的凄惶;独自一人在普什科夫简陋的八平方米小屋里孤寂度日的无望……这些往事一股脑儿浮现在眼前,娜杰日达觉得,应该把它们记录下来,那一年,她已经65岁了。

一个从来没有想过要当作家的老妪,一个打算写回忆录的老妪,之前唯一的写作经历就是写丈夫的申诉材料,然而,她一落笔便惊倒了一大批文人,他们发现,娜杰日达的文笔,竟然带有强烈的奥西普·曼德尔施塔姆的风格!竟有此事!后来,人们解构此事,觉得是因为娜杰日达长年累月地背诵丈夫的诗,久而久之,她竟趋同了丈夫遣词造句的习惯。

《对抗希望的希望》《被放弃的希望》《曼德尔施塔姆

夫人回忆录》等娜杰日达·曼德尔施塔姆的著作帮助奥西普·曼德尔施塔姆的诗名流播到了全世界。今天，我们能受惠于奥西普·曼德尔施塔姆的思想和文学，毫无疑问，是因为世间有一个名叫娜杰日达·曼德尔施塔姆的女人。

娜杰日达以81岁高龄去世之后，布罗茨基写给她的讣闻中有这样的表述："她像是一场大火的余烬，像是一块没有烧透的炭；你若碰碰它，它便燃烧起来。"布罗茨基把男人能给女人的最高赞赏，给了娜杰日达·曼德尔施塔姆。

高尔基去过克里姆林宫后

红场,是每一位到莫斯科游玩的旅人必到的一个地方。俄语的另一层意思为"美丽广场"的红场,因为疏阔,仿佛再多游客涌入其间,都会被吸附:地上的条石照样放着幽光、墙上的红砖照样含蓄得耀眼、圣母升天大教堂的尖顶照样夺目、古姆百货公司照样用一副爱答不理的

>红场——斯巴斯克塔

>红场——列宁墓

姿态宣示它淡而又淡的名贵。只有列宁陵墓前,排着很长很长的队伍,人们耐心地挪动着缓慢的脚步,等待走进去,看一眼安睡在水晶棺里的列宁。

就算极度缓慢,从走进安放着列宁棺椁的墓室到围着经过技术处理、百年以后看上去还像在熟睡中的列宁遗体转一圈,顶多三五分钟,我们却为这三五分钟用了一个多小时排队等候。

还记得小学三四年级的时候,我们就被老师关在一间墙壁雪白、钢窗被剥蚀、日光灯亮得刺眼的教室里集体通读列宁关于星期六义务劳动的论断"普通工人起来承担艰苦的劳动,奋不顾身地设法提高劳动生产率,保护每一普特粮食、煤、铁及其他产品,这些产品不归劳动者本人及其'近亲'所有,而归他们的'远亲'即归全社会所有,归起初联合为一个社会主义国家然后联合为苏维埃共和国联盟的亿万人所有,——这也就是共产主义的开始",并像尾巴一样跟随爸爸妈妈参加在当时此地风起云涌的义务劳动:爱国卫生、脱砖坯、除四害,等等。至于《列宁在1918》和《列宁在10月》这两部电影究竟看过多少遍,我的同龄人恐怕都难以说清。只是看的遍数太多,到后来关注的重点已从列宁转移到了一闪而过的芭蕾舞《天鹅湖》片段上——满大街灰蓝色的20世纪60年代和70年代,有着曼妙身材的舞蹈家们在能让人屏息凝神的音乐中翩翩起舞,绝对值得我们因此一次次地走进电影院。

高科技让水晶棺里的列宁遗体鲜活得犹如昨天他还在跟这个世界相谈甚欢。我们一边讨论着是什么技术能够做到让一个百年前故人的面容还如此真切,一边走进了红场的先贤祠。抬头望去,十二块墓碑各归其主:斯大林、勃列日涅夫[1]、安德罗波夫[2]、契尔年科[3]、捷尔任斯基[4]、朱可夫元

---

1. 勃列日涅夫(Leonid Brezhnev, 1906—1982),苏联领导人、苏联元帅,曾任苏联共产党中央委员会总书记(1964—1966年间为第一书记)、苏联最高苏维埃主席团主席(国家元首),掌权共18年。
2. 安德罗波夫(Yuri Andropov, 1914—1984),苏联第六位最高领导人,1982年至1984年间担任苏联共产党中央委员会总书记。
3. 契尔年科(Konstantin Chernenko, 1911—1985),苏共中央总书记,苏共中央政治局委员、中央书记处书记,苏联最高苏维埃主席团主席。
4. 捷尔任斯基(Felix Dzerzhinsky, 1877—1926),波兰裔白俄罗斯什拉赫塔,苏联克格勃的前身——全俄肃反委员会(简称"契卡")的创始人。

帅[1]、列宁的妻子克鲁普斯卡娅[2]、高尔基[3]、伏罗希洛夫[4]、伏龙芝[5]、苏斯洛夫[6]、第一位宇航员加加林[7]等。

在红场的先贤祠看见高尔基墓碑时,我心潮澎湃。

他是我最早读到其作品的外国作家。还在童年时期,我就读过改编自他的三部曲的连环画。比常见的杂志小了一半的开本,每一页都被画面占据了大半面积,只在画面的下方有三两行文字说明。每一本书都不厚,相较于高尔基的原著,我读到的三本连环画要精简了许多,但我的童年和少年时期太缺乏读物了,而高尔基讲的故事,苦情、温暖、励志等这些在今天看来畅销的元素一样不缺,于是它们深深地印刻在了我的记忆中。我为《童年》中丧父的阿廖沙随母亲回到外祖父家后常常食不果腹衣不蔽体而啜泣,我为《在人间》中因为外祖父家横遭灾祸,十岁的阿廖沙不得不去当绘图师的学徒、到轮船上做洗碗工、去圣

---

1. 朱可夫元帅(Georgy Zhukov,1896—1974),苏联军事家,苏联元帅,因其在苏德战争中的卓越功勋,被认为是第二次世界大战中最优秀的将领之一,也成为仅有的4次荣获"苏联英雄"奖章的两人之一,另外一人是列昂尼德·勃列日涅夫。
2. 克鲁普斯卡娅(Nadezhda Krupskaya,1869—1939),列宁的妻子和遗孀,苏联布尔什维克革命家、政治家。她于1898年与列宁结婚,1929年至1939年任教育部副部长。
3. 高尔基(Maxim Gorky,1868—1936),苏联社会主义、现实主义文学奠基人,政治活动家,苏联文学的创始人。代表作:《童年》《我的大学》《在人间》等。
4. 伏罗希洛夫(Kliment Voroshilov,1881—1969),苏联领导人,著名的政治家、军事家和国务活动家,苏联元帅(1935年),曾于斯大林死后出任苏联名义上的国家元首7年。
5. 伏龙芝(Mikhail Frunze,1885—1925),苏联与吉尔吉斯斯坦的共产党人、军事家、统帅,与托洛茨基同是苏俄军事体系的建构者。
6. 苏斯洛夫(Mikhail Suslov,1902—1982),苏联政治家,长期担任苏联共产党中央政治局委员和中央书记处书记,苏联共产党中央委员会国际部部长。在最高权力核心担任要职,负责苏联意识形态工作。
7. 加加林(Yuri Gagarin,1934—1968),苏联空军的航天员,苏联红军上校飞行员,是首个进入太空的人,太空竞赛是他的重要里程碑。加加林成为国际名人,并获得了许多勋章和头衔,其中包括苏联最高荣誉——"苏联英雄"奖章。

>红场——先贤祠

像作坊做徒工备受凌辱而悲伤,我为稍稍长大的阿廖沙终于可以自主地在喀山的贫民窟和码头这样的"社会大学"中接触到革命团体、读到了《共产党宣言》和《资本论》等著作感到欣慰,甚至羡慕——谁在少年时期不曾跟父母有过矛盾?每每与父母产生冲突,我就会告诉自己,忍一忍吧,再长大一点就能像高尔基一样,去随便什么地方上"社会大学"。

再长大一点,我就在语文课上读到了高尔基的散文《海燕》和《鹰之歌》。这两篇至今还在我们语文教材里

> 高尔基

的散文,不知道让多少原本就血脉偾张的青少年更加热血澎湃,所以,上高中、上大学、做了老师之后,我不知道听过多少回他或她站在简易的舞台上,面孔因为豪情万丈而通红,开始朗诵:"在苍茫的大海上,狂风卷集着乌云……"

很久以来,对高尔基的认知,就是一位伟大的红色作家,直到1998年读到了由江苏人民出版社出版的《不合时宜的思想》。

十月革命的最初时期,高尔基在彼得堡自己办的《新生活报》上发表大量文章,谩骂和攻击列宁和十月革命。他反对武装起义夺取政权,一切政权归苏维埃;反对列宁"消灭言论自由、新闻自由、出版自由"的政策;反对推翻选举产生的立宪议会,实行无产阶级专政;还反对签订《布列斯特和约》等。在这些原则下,他对十月革命采取了彻底反对的立场。高尔基的这些文章,结集为《不合时宜的思想——关于革命与文化的思考》。此书没有被收录进二十卷本的《高尔基全集》,七十年后才重见天日。

乍一读中译本的《不合时宜的思想》,我简直不敢相信作者是被列宁称为"无产阶级艺术的最杰出的代表"的高尔基!这是另外一个我们感到陌生的高尔基,一个闪耀着人道主义思想的伟大作家。怀着对《不合时宜的思想》作者的尊敬,我重读《海燕》和《鹰之歌》,真有点"不知鸿鹄之志"的羞愧。

离开列宁陵墓,我们进入克里姆林宫参观。

没有去过莫斯科的人，一听说克里姆林宫，会以为那是俄罗斯国家政权的所在地。事实上，克里姆林宫是一个建筑群，主要建筑物有：列宁陵墓、二十座塔楼、圣母升天大教堂、天使教堂、伊凡大帝钟楼、捷列姆诺依宫、大克里姆林宫、兵器库、大会堂、古兵工厂、苏联部长会议大厦、苏联最高苏维埃主席团办公大厦、特罗依茨克桥、无名战士墓，等等。允许我们参观克里姆林宫的时间不长，我们只来得及四周环顾一下这个世界上最大的建筑群之一和选择其中一个教堂细看。恰好，克里姆林宫的卫队表演渐入佳境，吸引了很多游客，平时需要排长队的圣母升天大教堂门前冷清，我们赶紧入门参观。圣母升天大教堂是克里姆林宫建筑群中最巍峨壮观的一座，建于15世纪后期，一直是俄罗斯皇家举行加冕大典的地方。整个建筑呈月牙白色，山字形拱门和三个金光闪闪的圆塔是它别具一格的地方。教堂内保存着许多堪称俄罗斯宗教艺术珍宝的壁画和圣像画，这些画都在克里姆林宫内创作完成。不过，教堂内最值得看的，恐怕是伊凡雷帝的棺椁。棺椁再豪华，伊凡雷帝也已经是隔了几世纪的历史人物了，我在想，在伊凡雷帝行将就木的瞬间，他有没有后悔过自己误

涅瓦大街，陀思妥耶夫斯基在左，果戈理在右

> 圣母升天大教堂

杀儿子的冲动？肯定有吧。展示在特列恰柯夫画廊[1]里的那幅由列宾创作的《1581年11月16日伊凡雷帝和被他杀死的儿子》中，在被儿子的鲜血染红的地毯上，身着黑衣的伊凡雷帝紧紧拥住身着金色睡袍的儿子，亲吻着他的头

---

1. 特列恰柯夫画廊（Tretyakov Gallery），目前世界上收藏俄罗斯绘画作品最多的艺术博物馆，位于莫斯科。画廊由商人、艺术品收藏家帕维尔·米哈伊洛维奇·特列恰柯夫于1856年创办，特列恰柯夫是19世纪俄罗斯著名的艺术品收藏家和画家们的赞助和保护人，1892年特列恰柯夫将他所有收藏品捐献给国家，这个画廊成为国家博物馆。1902年由画家维克托·瓦斯涅佐夫设计，依照俄罗斯童话形式在克里姆林宫南面建成新馆，20世纪扩大，将周围建筑包括进去，包括了17世纪的建筑圣尼古拉教堂。以后又在克里斯基大道建设分馆，以收藏当代绘画。特列恰柯夫画廊藏品目前有13万件，作品年代从11世纪到20世纪，包括4万余件17、18世纪俄罗斯圣像画，18、19世纪俄罗斯著名画家的作品以及苏联时期的许多画家的作品。

高尔基去过克里姆林宫后

发,眼里满是意外、惊恐、慌张和不舍、不甘。

怀着要去特列恰柯夫画廊看看列宾的原作是不是比印刷品更恐怖的念头,我们离开了圣母升天大教堂,此时,排队等候进入教堂的游客已经绕了教堂一匝半。我们当然有些得意,得意中脚步难免轻快,结果被导游警告:"别过去,当心卫兵开枪。"抬眼一看,果然,一名荷枪实弹的卫兵守在路口,卫兵身后,就是俄罗斯政要包括普京办公的地方。

我突然想问,高尔基有没有进过克里姆林宫卫兵身后的区域?当然,那时在那里主政的,是斯大林。

《不合时宜的思想》以后,出乎高尔基意料,十月革命胜利了。高尔基与布尔什维克政权的关系颇为尴尬,一直当面包容背后不那么留情的列宁于1921年劝告高尔基去国外养病,"如果你不走,那么我们就不得不送你走了"。高尔基完全可以逗留在德国或他喜欢的意大利直至客死他乡,从而成为像索尔仁尼琴[1]、纳博科夫[2]那样以文名著称全世界的苏联流亡作家,也未可知。事实上,从1921年10月到1928年,高尔基在彼邦的七年间,始终在用自己的

---

[1] 索尔仁尼琴(Aleksandr Solzhenitsyn, 1918—2008),俄罗斯的杰出哲学家、历史学家、短篇小说作家,持不同政见者和政治犯。索尔仁尼琴直言不讳地批评苏联和共产主义,并帮助提高了全球对其古拉格劳改营的认识。他是诺贝尔文学奖获得者,俄罗斯科学院院士。他在文学、历史学、语言学等许多领域有较大成就。代表作:《古拉格群岛》《红轮》《癌症楼》等。
[2] 纳博科夫(Vladimir Vladimirovich Nabokov, 1899—1977),俄罗斯和美国作家,同时也是20世纪杰出的文体家、批评家、翻译家、诗人、教授以及鳞翅目昆虫学家。1899年出生于俄罗斯圣彼得堡。他在流亡时期创作了大量俄语小说,包括俄语文学《天赋》,但真正使他获得世界声誉的是他用英语完成的《洛丽塔》。他同样也在昆虫学、国际象棋等领域有所贡献。

>克里姆林宫内——总统办公区

文字和影响批判十月革命和革命胜利之后苏维埃的一些举措,特别是关乎文化的运动,但是,被墨索里尼政权监视的极不舒服感和苏维埃政权日益强大起来的事实,让高尔基开始后悔自己曾经的"不合时宜",在给罗曼·罗兰的信笺中,高尔基慨叹苏联进入了新声时代的同时,真心"隔山打牛"起来:"国内生活的进步越来越显著,从旁观的角

度可以进行比较,俄国共产主义领袖们的惊人毅力令我叹服。"高尔基的新声和心声通过各种途径传回苏联之际,列宁死后,赢得了党内斗争、已经成为列宁接班人的斯大林,需要一位列宁的旧好站在自己这一边,一个思乡成疾一个急需支持,双方一拍即合,1928 年,高尔基回到了阔别近七年的苏联,与此同时,也彻底从不合时宜变成了跟在斯大林身后亦步亦趋。

斯大林怎么可能忘记高尔基曾经"不合时宜"过?不错,他亲自在莫斯科为高尔基找了一幢房子,离克里姆林宫很近,曾是一位百万富翁的豪宅。此外,还分给高尔基

>斯大林与高尔基,1932年

>高尔基

两幢大别墅，一幢在克里米亚，一幢在莫斯科近郊，有警卫保护。但是，斯大林肯定没有也不想忘记高尔基那些不利于苏维埃政权的言论，他要为高尔基"建筑"一个高高在上的平台，那样的话，一旦让他摔下去，高尔基粉身碎骨就不必说了，更是对那些喜欢多嘴多舌的知识分子的一个警告！于是，给予高尔基的荣誉数量在不断增长：以高尔基名字命名的城市、研究所、街道越来越多；给予高尔基的荣誉级别也越来越高：庆祝高尔基创作40周年的热烈

高尔基去过克里姆林宫后

程度远远超过了列夫·托尔斯泰诞辰一百周年。如若此时高尔基还拥有"不合时宜"时的清醒，他大概能看出事情的端倪，但是，高尔基已经对斯大林为他安排的生活安之若素了，一个铁骨铮铮的作家就此成为斯大林的宠臣，他也不必害怕别人的批评，政府不许人们批评他。在斯大林的主持下，文学界开始崇拜高尔基。

斯大林的抬举很快就在高尔基那里收获了他想要的东西，在集体化时期，高尔基向当局提供了一个骇人听闻的口号"敌人不投降，就让他灭亡"。1931年3月，他同意布尔什维克人士受审，其中包括他以前的一些朋友，他称他们是罪犯和破坏者，还在一封信里称赞："斯大林干得多漂亮啊！"1934年12月，列宁格勒党委第一书记基洛夫被刺，给了斯大林展开大清洗一个借口，许多人未经调查或审判就以间谍罪名被立即枪决。1935年1月2日，高尔基在《真理报》上发表一篇文章为斯大林呐喊助威："必须无情地、毫无怜悯地消灭敌人，不要理睬那些职业的人道主义者们的喘息和呻吟。"

然而，高尔基并没有在斯大林那里得以善始善终。

1934年5月，高尔基的儿子马克西姆神秘死亡，高尔基虽倍感打击沉重，却只能眼睁睁地看着家庭医生等参与马克西姆死因调查的人员一个个死去。这无疑是一个信号，它告诉高尔基，他在斯大林那里的价值已经在慢慢降低。生命的最后两年，高尔基拼了老命颂扬斯大林，可斯大林已不以为意。

1936 年的春天，高尔基在克里米亚的别墅里接待了法国作家安德烈·马尔罗[1]。人之将死其言也善，当马尔罗问到苏联文学是否处于衰落阶段以及他对《真理报》正在批判肖斯塔科维奇[2]的音乐这件事的看法时，高尔基一下子回到了"不合时宜"时期的犀利，明确回答马尔罗，苏联文学正处于衰落时期，他不同意批判肖斯塔科维奇的音乐。

＞肖斯塔科维奇

　　这似乎是一个旁证：从 1928 年到 1936 年的八年间，

---

1. 安德烈·马尔罗（Georges André Malraux，1901—1976），法国著名作家、公共知识分子。1959—1969 年戴高乐任总统时，出任法国第一任文化部部长。代表作：《人的价值》等。
2. 肖斯塔科维奇（Dmitri Shostakovich，1906—1975），苏联时期俄国作曲家。他一生大部分时间都留在苏联，但同时也是当年少数名气能传至西方世界的作曲家，被誉为 20 世纪其中一位最重要的作曲家。肖斯塔科维奇的音乐作品既融合了后浪漫主义（如马勒）和新古典主义风格（如普罗科菲耶夫和斯特拉文斯基），但亦不乏 20 世纪的不协调音色和创作手法，因此他的音乐作品偶尔会受到官方的争议，然而他的作品普遍而言仍受到欢迎和好评。

高尔基去过克里姆林宫后

高尔基始终在头脑极为清醒的状态下助纣为虐？一个在苦水里泡大的孩子，一个通过自己的努力而举世闻名的作家，一个完全能够以流亡作家的身份保全自己人格的汉子，到底为了什么，那么彻底地投靠了斯大林？

这是一个暂时无解的问题。

这又是一个有着明确答案的问题：克里姆林宫卫兵身后的那一片建筑，深似海。

跟着车尔尼雪夫斯基问过:怎么办?

18世纪初叶,相貌堂堂、挺拔高大的彼得大帝决定在沼泽地上平地而起一座城市彼得堡。1703年,俄罗斯与瑞典的战争还没有结束,深知"攻防兼备才能保一方平安"这一道理的彼得大帝,决定在涅瓦河右岸一座形似兔子的小岛上修建要塞。原本就是在向沼泽要一座城市,兔子岛又在水边,潮湿的地势和阴冷的天气决定了建造彼得保罗

＞彼得保罗要塞

>彼得保罗要塞

>彼得保罗要塞内的彼得大帝铜像

要塞是一项极为艰苦的工程,彼得大帝又是一个完美主义者,他不允许工程有一点点缺陷,牺牲了数千人的生命之后,1703年的秋天,彼得保罗要塞终于建成。随着城市一点一点兴起、初具规模、繁荣起来,兔子岛上除了彼得保罗要塞外,慢慢增添了圣彼得保罗大教堂、钟楼、圣彼得门、彼得大帝的船屋、造币厂、兵工厂、克龙维尔克炮楼等建筑物。

我们从圣彼得堡瓦西里岛这一端登上兔子岛,首先看见的是圣彼得保罗大教堂那熠熠闪光的尖顶和钟楼。穿过

> 彼得保罗要塞监狱

圣彼得门后，我从彼得大帝的船屋、造币厂、兵工厂、克龙维尔克炮楼旧址前掠过，直奔彼得保罗要塞而去。

1717年，失去了军事功能的彼得保罗要塞被彼得大帝改为国家监狱，而它关押的第一个犯人，竟然是彼得大帝与第一任妻子所生之子阿列克谢。贵为王储，阿列克谢与勠力改革的彼得大帝作对。在阿列克谢又一次集结保守派和神职人员试图阻挠彼得大帝的改革举措后，如在特列恰科夫画廊展出的那幅《彼得大帝在彼得夏宫训诫皇太子阿列克谢·彼得罗维奇》一样,忍无可忍的彼得大帝狠狠训斥过王储之后,将其送往刚刚被改成监狱的彼得保罗要塞,次年,下令将其处死。

　　彼得保罗要塞监狱,临涅瓦河一侧的厚墙呈水泥色,倒置的盾牌形窗口实在太小,给人无法自由呼吸的感觉。向着兔子岛这面的墙体为砖红色,一扇扇看上去跟普通房屋别无二致的大门和窗户会让人产生疑惑:这里是监狱吗?可是,走进大门,厚达 2.4 米到 4 米的墙壁将墙外的一年四季简化成一种体感:阴森可怖。而一间间陈设惨淡、愁云密布的单人囚室,更让参观者不禁替当年被关押在这里的政治犯担忧:长夜漫漫,日光在何处?

>尼古拉·盖笔下的《彼得大帝在彼得夏宫训诫皇太子阿列克谢·彼得罗维奇》,藏于特列恰柯夫画廊

跟着车尔尼雪夫斯基问过:怎么办?

我的彼得保罗要塞之旅是想靠近监狱体验一下被沙皇政府关押在这里的革命者，得有怎样坚定的信念，才能挨过"从门到窗只有七步"的监禁生活。不错，我越来越热爱的陀思妥耶夫斯基、我最早读过其作品的苏联作家高尔基都曾被关押在此，这次俄罗斯之行也有追寻他们足迹的打算。可是，我觉得他们两位的印迹在别处更加显豁，到彼得保罗要塞监狱，我要朝拜的，是车尔尼雪夫斯基[1]。

在我上大学的时候，就算俄罗斯文学在外国文学这门课里占的课时大大超过了英国、美国、日本等文学大国，车尔尼雪夫斯基也只是配角，还是排位靠后的配角，在他之前，是列夫·托尔斯泰、普希金、陀思妥耶夫斯基、契

>车尔尼雪夫斯基

---

1. 车尔尼雪夫斯基（Nikolay Chernyshevsky，1828—1889），俄罗斯唯物主义哲学家、文学评论家、作家，革命民主主义者。代表作：《怎么办？》《序幕》《艺术与现实的美学关系》等。

诃夫……甚至屠格涅夫。不过，这位更应该称其为文艺理论家的先师，却更早地以一部长篇小说《怎么办？》俘获了我，以及与我同宿舍的几位女生。

生于20世纪60年代的我，童年是在物质匮乏时期度过的。我看着父母为了让我们能在新年钟声敲响的时候穿上新衣，下班回家照料完我们的日常生活后，还要勉强为我们打毛衣、做松紧鞋。我力所能及地帮助父母在凌晨咬牙毅然离开温热的被窝去菜场排队，等待六点钟开秤后买到一点点蔬菜或者窄窄的带鱼或者两指宽的猪肉，那种难受至今想起来都觉得不寒而栗。我不能想象，终有一天我有了自己的家庭之后，我们的日常生活要像我们的父辈一样艰难。而凭借自己的努力考上大学之后，我的天地豁然开朗，因此也就更加焦虑地担忧：如果我未来的家庭生活注定要重蹈父母的覆辙，那么我现在读大学干什么？我还学文学干什么？

这时候，我遇到了车尔尼雪夫斯基的《怎么办？》。

薇拉·巴夫洛芙娜出身于一个小市民家庭，因为漂亮赢得了数个男人的追求，其中还有贵族青年。罗普霍夫是医学院的大学生，他在薇拉家兼任她弟弟菲嘉的家庭教师以赚取学费。罗普霍夫把一些进步书籍借给薇拉看，帮助她呼吸到了民主自由的新空气。她感激地对罗普霍夫说："你把我从地下室中解放出来了。"为此，她和罗普霍夫的感情有了进一步的发展，开始一同交流如何过新生活。

罗普霍夫请他的朋友梅察洛夫神父主婚,他们秘密地结了婚。婚后薇拉和罗普霍夫一同以教书维持生活。他们按婚前设想的一种新的生活方式生活:男女双方各居一室,互相尊敬,恪守礼节。每天他们都必须穿戴整齐后才能走进对方的房间,如果一方违反了约定,另一方便要提出警告。他们不像夫妇,倒像是兄妹。他们认为"这样才能增进爱情,免得吵嘴"。薇拉把一些失业女子组织起来,创办了缝纫工场。在工场里,她和女工们一同管理经济,平均分配红利。同时,她还请了丈夫的朋友来授课,向女工们传授知识和文化,举办娱乐晚会,与女工们一道郊游,过着愉快而充实的生活。罗普霍夫的朋友吉尔沙诺夫在罗普霍夫他们婚后常上他们家来,渐渐地他不来了,因为他发觉自己爱上了薇拉。怎么可以对好友的妻子存有非分之想?吉尔沙诺夫只好用疏远那个家庭的办法抑制自己的感情。罗普霍夫得了肺炎,吉尔沙诺夫去给他看病,他对薇拉的爱慕之情又复活了。他再次抑制住自己,有意和过去他救过、目前在薇拉的工场当女工的克留科娃同居。薇拉不爱罗普霍夫了,罗普霍夫为了不让薇拉感到痛苦,假称要到他的家乡去看父母而离开薇拉。数日之后,传来罗普霍夫自杀的消息。听闻消息后,薇拉很伤心,她不愿和吉尔沙诺夫结合,甚至想丢开缝纫工场离去。大学生拉赫梅托夫奉了罗普霍夫的嘱托来看薇拉。他是个革命者,立志献身于革命事业。为了磨炼自己的意志,考验自己是否经得起审讯和拷打的痛苦,他躺卧在一个钉满钉子的毡子上，弄得满身鲜血淋漓。他曾遇到一个爱他的年轻寡妇，但他拒绝了她的爱，因为他怕爱情会妨碍他的革命工作。他漫游欧洲各地，拜访过费尔巴哈，受到了空想社会主义思想的影响。拉赫梅托夫来看望薇拉，更重要的目的是劝她不要离开工场，应当继续关心女工的命运和幸福。见薇拉接受了自己的建议，拉赫梅托夫把一张罗普霍夫写的字条给了她，那上面写着罗普霍夫自动离家的原因和他对婚姻自由的看法。不久，薇拉收到一封从柏林寄来的信，署名是"一个退学了的医学生"。其实，寄信人是罗普霍夫，信中罗普霍夫说明自己的自杀是假的，他之所以这样做，是为了薇拉的幸福，并说他在国外过得很好。与此同时，吉尔沙诺夫也收到罗普霍夫劝他和薇拉结合的来函。既然如此，深爱彼此的薇拉和吉尔沙诺夫结婚了。一年后，薇拉生了个儿子叫米嘉。爱情在她和吉尔沙诺夫之间，成为一种鼓舞的力量，推动他们更好地去工作。罗普霍夫化名毕蒙特回到俄国后，结识了波洛卓娃一家，并爱上了波洛卓娃。在征得波洛卓娃父母的同意后，他们结婚了。罗普霍夫和吉尔沙诺夫两家搬住在一起。他们按照自己最喜爱的生活方式生活着。工场也已扩展成三个了，他们对未来充满美好的信念。出狱后的拉赫梅托夫与一向爱他的年轻寡妇结了婚。他们一同走上了宣传革命的道路。

——《怎么办？》，蒋路译，人民文学出版社2008年版原谅我做了一回文抄公，因为我私下觉得，当下已经没有人再阅读车尔尼雪夫斯基的这部小说了。如今此地的读书人，提及外国文学，要么英美法意要么拉丁美洲，范围缩小到东欧，也只到捷克再加一部塞尔维亚的奇书《哈扎尔辞典》，而曾经在此地睥睨天下的俄苏文学，看似式微其实是被我们错以为是鸡肋而弃置一边。都没有多少人再重读托尔斯泰、普希金、陀思妥耶夫斯基等世界一流俄罗斯作家的作品了，更遑论《怎么办？》这部读上十数页就知道是主题先行的非杰出小说了。

可是，我愿意在不长的俄罗斯旅行时间里抽出几十分钟甚至一两个小时，站在圣彼得堡兔子岛上的彼得保罗要塞监狱外，看看车尔尼雪夫斯基当年是在怎样一种幽闭、阴鸷的环境下，写出这样一部明快得让薇拉的世界充满新希望的小说的。

1862年，因宣传革命思想，车尔尼雪夫斯基被沙皇政府逮捕并关进彼得保罗要塞监狱。我来的时候是八月，正是圣彼得堡最好的季节，涅瓦大街上游人如织，涅瓦河水更是多情得让人不忍离去。可是，冬天呢？从下第一场雪到来年春暖花开，得有半年的圣彼得堡的冬天，让被关押在阴冷、潮湿的牢房里的车尔尼雪夫斯基们怎么度过？车尔尼雪夫斯基选择写作一部色彩明亮的小说来对抗寒冷的监狱之冬，从1862年到1863年。

看来，车尔尼雪夫斯基严重低估了沙皇的残暴。1863年的春天来了，他依然被关押在兔子岛的监狱里。又一个

＞车尔尼雪夫斯基纪念碑，位于俄罗斯圣彼得堡

冬天来了又过去了，转眼到了1864年5月，沙皇非但没有释放车尔尼雪夫斯基，还将其押至圣彼得堡梅特宁广场示众，并处以假枪毙的酷刑。这一年的七月，车尔尼雪夫斯基被流放到伊尔库茨克盐场服苦役，八月被转送到卡达亚矿山。两年后，他又被押到亚历山大工场。七年苦役期满后，沙皇又延长了车尔尼雪夫斯基的苦役期，将他转押到荒无人烟的亚库特和维留伊斯克，继续流放，前后共达二十一年之久……

伟大的俄国革命家、哲学家、作家和批评家车尔尼雪夫斯基的肉身早已飞升，他的那些曾经洛阳纸贵的作品，也被归到了故纸堆里罕有人翻阅。我也不读车尔尼雪夫斯基很多年，可我从来没有忘记过他。三十年前，当我在旧生活模式和新希望之间的夹缝里不知如何是好的时候，是他的薇拉告诉了我应该怎么办。虽然时过境迁，当年要简化甚至搁置家庭生活而努力成为一个作家、教授的豪言壮语，也已被不肯将就的一日三餐和秋收冬藏的日常生活所取代，但是，这种取代是在《怎么办？》启迪下的一种自觉。

还有谁、哪部作品可称为我的生活指南？只有车尔尼雪夫斯基的《怎么办？》。

攥住他，让他相思

> 果戈理纪念碑，圣彼得堡

我第一次听到果戈理的名字，是在读初二的时候。

这是一所如今已不见踪影的蹩脚学校，却有一位出色的语文老师，他叫周才荪。周才荪老师右眼不知怎么的，瞎了。我们看见他的时候，那里填进了一只义眼，大小、凹凸、色彩对比度与左眼明显不一样，还不能眨动。我们班几个学不好语文的坏种背地里就叫他周狗眼——原谅他们吧，那时他们不懂事。

是不是受了这只义眼的影响？周老师是一个不苟言笑的人，给我们讲课时也不太跟我们眼神交流，总是偏过头看窗外的景色。那时，陈冲因为《小花》成为国内影坛一时无两的明星，有一天，周老师上着课突然说："陈冲好看，是因为下巴翘着。"说得我们全班同学都大吃一惊地看着周老师，他居然笑着对我们说："我们班有个同学，下巴也很翘。"说着，仅有的那只左眼看向了我。"唰"，全班所有的脑袋都转向了我，几个坏种甚至用各种夸张的表情嘲笑我。从那以后，我就有了一个跟翘下巴相关的外号。

但是我从来没有怪过周老师，我知道他是因为喜欢我才会开这样的玩笑。他喜欢我，是因为我打心眼里愿意呼应他的语文课，比如，在上鲁迅先生的《故乡》时，周老师告诉我们，鲁迅先生除了是伟大的思想家和文学家外，还是一位了不起的翻译家，是他最先将俄罗斯作家果戈理的作品《死魂灵》介绍到中国的。一间教室里还有谁听到了周老师的"旁白"，我不知道，反正下课后我就跟着周老师去了他的办公室，要借《死魂灵》。周才荪老师用我平生都忘不掉的眼光温柔地看了看我，从他的办公桌里找出《死魂灵》，郑重地交给我："可惜，这不是鲁迅先生的译本。"初二的女学生，又刚刚从文化禁锢中被解救出来，正走在挣脱文化饥渴症的路上，根本不懂"不是鲁迅先生的译本"的含义，接过《死魂灵》，连译者是谁都没去看一眼，就翻开了封面，走进了果戈理虚构的一个悲怆又教会人憎恨的故事。

俄语中，农奴有一个别解，为魂灵。果戈理管那些已死去却没有注销户口的农奴叫死魂灵，其中的悲愤可比天高可比海深。为了将一腔悲愤淋漓尽致地表达出来，果戈理虚构了一个名叫乞乞科夫的骗子，对，虚构了乞乞科夫这个人，但乞乞科夫的所作所为却不是果戈理凭空捏造而来：游走在乡间讨价还价地从地主手里购买死魂灵，这些法律上还活着的农奴，就成了乞乞科夫向政府申请土地的砝码。等到获得了土地证明，乞乞科夫再将死魂灵和土地捆绑在一起高价卖出去。已经累死、饿死、穷死的农奴，死后还要被无耻之徒用作挣钱的筹码,一位宅心仁厚的作家将如何用小说让乞乞科夫们遭受天谴?可惜的是,原本打算写作《死魂灵》三部曲的果戈理,发现写完第一部后,灵感也随第一部的成功飞到了云天外,第二部是只有五章的残稿,第三部更是空中楼阁。于是,我没有读到乞乞科夫一定是可鄙的结局,这成为埋伏在初二女生心里一个与果戈理有关的悬念。

《死魂灵》以后,我虽然没有刻意去寻找果戈理,但是,遇到果戈理,我就会走近他。2009 年,由焦晃领衔在上海戏剧学院舞台上重现《钦差大臣》时,我又一次前去观赏,因此,对果戈理就有了认定:这是一位握着辛辣之笔的批判现实主义作家,所以,他应该时常眉头深锁、嘴角满是讥屑。

莫斯科的新圣女公墓又像是一个雕塑公园,顶着荣耀过或者被争议过的名字的肉身已经先后躺在了地下,只有个性各异的墓碑代表着他们向后人诉说着前尘往事。那些或具象或抽象地雕塑在石头上的他们的形象,应该是地上地下合一的吧?

我站在果戈理的墓碑前,金色的十字架替代了我曾在网络上看见过的果戈理的墓碑,这让我感到诧异:为什么要改变?通过图片看到的果戈理墓碑,雕刻着他的塑像,面容饱满、眉宇舒展、眼神温和、嘴角微微含笑。面对图片上的果戈理墓碑,我还曾想过,一个敢于揭露社会讽刺现实的作家,作为《死魂灵》《钦差大臣》的作者,他应该是双颊塌陷、眉目含恨、眼里全是愤恨,不是吗?这,也许是用十字架替代那尊雕塑的理由。

回家之后,我用互联网整理了一张果戈理作品的书单,到社区图书馆借了一摞果戈理的作品,快读或者精读之后,才对这位沙皇时期被称作"俄罗斯心脏"的作家有了更进一步的了解。

这位出生于乌克兰的作家,乡村生活给了他丰富的创作素材,所以刚一写作就出手不凡,当时的代表作是《狄康卡近乡夜话》《密尔格拉得》等。随着作品受到广泛好评,果戈理尝试在创作题材和风格上有所突破,除了以其在圣彼得堡的生活为蓝本的《彼得堡故事》外,好友普希金提供给他的一则荒诞见闻,狠狠地刺激了他的创作冲动,只用了两个月,一部杰出的、享誉世界的戏剧作品《钦差大臣》就问世了。

《钦差大臣》的轰动效应,让果戈理思考起自己的创作未来。《狄康卡近乡夜话》《密尔格拉得》以及《彼得堡故事》这样的题材写作起来固然得心应手,但是,就挑战性和社会影响力而言,《钦差大臣》更佳。坚定了自己的创作蓝图后,果戈理殚精竭虑,五年之后的1841年,因为《钦差大臣》不得不远走他乡的果戈理带着《死魂灵》荣归故里,并以此作一举跻身俄罗斯乃至世界一流作家的行列。

对于我,这一次重读果戈理,重点是他的《狄康卡近乡夜话》和《密尔格拉得》。犹记当年老师给我们上课讲到果戈理时,说《伊凡·伊凡诺维奇和伊凡·尼基福罗维奇

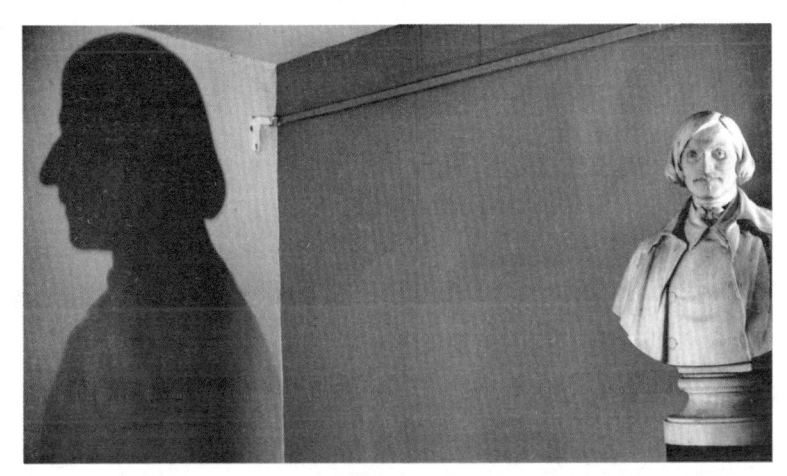

>果戈理雕像,莫斯科果戈理故居博物馆内

吵架的故事》太长也太难记,我们就记成"两个伊凡吵架的故事"吧;也还记得,一万两千多字的《老式地主》中铺满了俄罗斯美食,曾经读得我们垂涎欲滴。

"我非常喜爱那些幽居在偏远乡村的庄园主的简朴生活,他们在小俄罗斯通常被人称为旧派人物,犹如年久失修而又优美如画的小屋一样讨人喜欢……"在这种暖洋洋的调子中开始的《老式地主》,情节很简单,就是讲述老式地主阿法纳西·伊凡诺维奇·托夫斯托古勃和他的妻子普利赫里娅·伊凡诺芙娜·托夫斯托古比哈后半生的生活状态。因为富足,托夫斯托古勃夫妇几乎不用劳作就可以自由自在地生活,哪怕庄园里的树木被农奴偷伐、仓库里的布匹被用人盗拿、储藏室里的食品被用人们偷吃了大半,都不会影响老式地主夫妇的生活质量。果戈理衡量他们生活质量的标准,不是住宅有多么豪华,而是他们随时随地都能吃到自己想吃的东西。

先登场的,是猪油蜜饼、带罂粟花籽的包子和腌松乳菇。这猪油蜜饼可是小俄罗斯乌克兰的美食,外皮用俄语所称"萨洛"亦即腌猪油制成,再包上用蜂蜜、白糖和果干熬制成的馅料,就可食用了。至于包子,更是从农奴到地主餐桌上常见的食物,只不过,普利赫里娅·伊凡诺芙娜让丈夫选择的包子额外添加了罂粟花籽,味道就更鲜美了。至于普利赫里娅·伊凡诺芙娜给出的第三种选择方案腌松乳菇,这又是俄罗斯特别是乌克兰家庭的常备佳肴。半年封冻期过去之后,俄罗斯许多地方的林子里会长出各种各样的蘑菇,像羊肚菌、卷边乳菇、黑色和红色的羊蘑、口蘑、乌克兰蘑、牛肝菌、蜜环菌等,人们采摘到蘑菇之后,一时食用不完,就会采用各种各样的方式将蘑菇腌制起来,就好像我们在俄罗斯任何一家餐厅都能吃到的酸黄瓜,清香爽口,特别好吃。普利赫里娅·伊凡诺芙娜让用人拿给丈夫的,是同样清香爽口,却比酸黄瓜更加鲜美的腌蘑菇中的一种——腌松乳菇。老式地主早晨起来,喝了好几杯咖啡,也许还就了几口软糕,只在庄园里走了几步,就要求加餐。

说到软糕,俄罗斯最出名的点心就是苹果软糕了,又以科洛姆纳市[1]出产的苹果软糕最为上品,它用当地出产的

---

1. 科洛姆纳市(Kolomna),俄罗斯莫斯科州南部的一座古老城市,位于莫斯科河和奥卡河的交汇处,是河港城市。工业以内燃机车、重型机床、纺织机械制造为主,还有水泥、钢筋混凝土构件等工厂。有内燃机研究所。城市有建于14世纪、17世纪的寺院、古塔、教堂、地志博物馆等古迹。

偏酸的苹果、上等蜂蜜、坚果和浆果调制而成，制作工艺相当繁复。十月革命之后，特别是第二次世界大战爆发之后，科洛姆纳像苏联其他城市一样，男人们都上了战场，软糕厂纷纷关门。战争结束后，冷战时期的苏联为对抗西方社会，重重工轻轻工，不要说恢复软糕厂了，就连软糕的制作方式都已失传，直到最近，当地才找到制作软糕的古法，这款16世纪以来风靡俄罗斯，为伊凡雷帝、叶卡捷琳娜二世、列夫·托尔斯泰、陀思妥耶夫斯基偏好的俄罗斯美食，才得以恢复生产。

吃过了猪油蜜饼或者带罂粟花籽的包子或者腌松乳菇后不久，距离午饭还有一个小时，果戈理又让阿法纳西·伊凡诺维奇和妻子两人吃了一顿点心：用古旧的银制酒杯小酌一杯伏特加，配以一些蘑菇、各式鱼干和其他佐饮食品。在俄罗斯靠近江河湖海的地方，人们喜欢将小鱼特别是胡瓜鱼晒干，要么用作佐酒小菜，要么冬天做汤时撒一把进去，汤水因此会鲜美许多。

午餐之后晚餐之前，在丈夫的要求下，普利赫里娅·伊凡诺芙娜让人为他准备了浆果馅的甜饺。吃甜饺的时候，俄罗斯人喜欢配上酸奶油、蛋黄酱一起吃，然而，如此高热量的下午茶，都没能叫阿法纳西·伊凡诺维奇倒了胃口，"晚餐前，阿法纳西·伊凡诺维奇又吃了些点心。九点半，他们坐下来用晚餐。吃完晚餐，他们立即去就寝了"。然而，阿法纳西·伊凡诺维奇睡不着，觉得肚子不舒服。谁都知道那是因为他吃撑了，普利赫里娅·伊凡诺芙娜也知

﹥果戈理故居博物馆，莫斯科

涅瓦大街，陀思妥耶夫斯基在左，
果戈理在右

道，不过在她看来，治疗此症的最佳方式是再吃一顿，在她的建议下，阿法纳西·伊凡诺维奇又吃了一些酸牛奶和梨干煮的稀甜羹，这才送走了吃货心满意足的一天，安然入睡。

在小说情节推进的那些日子里，果戈理还让这两个一生简朴、只在意吃什么的老式地主吃了乳渣馅的包子和用酸白菜加荞麦米饭做馅的包子，吃了普利赫里娅·伊凡诺芙娜从土耳其女人那里学来的加了香薄荷或丁香和核桃腌的蘑菇……普利赫里娅·伊凡诺芙娜病死后，阿法纳西·伊凡诺维奇伤心又孤独地在世上活了很多年，当小说的叙述者"我"再度见到阿法纳西·伊凡诺维奇时，"他常常舀起一勺粥，没有送到嘴里，却挨到鼻子上；他拿着叉子，没有插到鸡块上，却戳到酒瓶上去了，于是，女仆只好捉住他的手，往鸡块上戳去"。就算这样，当浇了酸奶油的乳渣饼端上桌后，"'这是那个食品……我……那……亡……妻……'，泪水忽然夺眶而出"。老式地主的怀念都与食物紧紧相连，这也是我当年阅读《老式地主》时不太懂得的地方：写一对疏于农庄管理、一天到晚都在吃吃吃的老式地主，果戈理寓意何在？现在再读，大概懂了。

《老式地主》写于1836年，1830年到

> 果戈理雕像，莫斯科果戈理故居博物馆

1840年是沙皇统治下俄罗斯最好的年代,一份题为《18世纪和19世纪上半叶俄国农村的伙食》的调查报告告诉我们,这十年中,哪怕是农民,也是一日三餐,不缺牛奶、黑面包、燕麦饼、乳渣馅的淡馅饼、酸奶、煮土豆、咸鱼干、梭鲈鱼和鲟鱼肉等食物。对曾经忍饥挨饿的俄罗斯人来说,能够吃喝有余实在是天大的幸福,这种社会现象当然影响了果戈理的创作,这才有了一篇布满俄罗斯美食的小说《老式地主》。说得准确一点,这些琳琅满目的俄罗斯食品是乌克兰的美食,如慈母或娇妻攥住了果戈理,1835年已经在圣彼得堡大学担任副教授的果戈理,生活安定下来后思乡之情如窗外的天空,晴有晴的模样,阴有阴的牵挂,何以排遣?写出来!说果戈理是"俄国的心脏",是因为他有一颗细腻如篦子的心,将俄罗斯民族的象征,细密地排布在他的作品里——所以,新圣母公墓果戈理墓碑上的那尊雕像,应该是1835年的果戈理,国家安好、个人顺畅,他的脸庞怎能不饱满而安谧?

只是,一年之后写成的《钦差大臣》,其中用讽刺包裹起来的作家的善意,并没有被许多人理解和接受,果戈理因为此作不得不远走他乡,去了罗马。先意大利后德国的六年侨居生活中,果戈理一直在写作《死魂灵》,这样的题材原本就折损作家的精神,好友普希金又死于他人的阴谋诡计,这些使生活在他乡因此缺乏俄罗斯食物滋养的果戈理心力交瘁,1941年,带着《死魂灵》回国的他遭遇了更大的打击:呕心沥血之作被莫斯科书刊审查机构否决。虽

>2010年前的果·戈理之墓,莫斯科新圣女公墓

攫住他,让他相思

在友人的帮助下《死魂灵》第一部最终得以出版并大获好评，但果戈理的创作灵感已被蹉跎，直至1852年辞世，果戈理再无力作问世，"天涯地角有穷时，只有相思无尽处"。

果戈理在《老式地主》中几乎写遍了俄罗斯的点心、小吃，就是没有写一顿正餐，难道是因为他觉得正餐的仪式感减弱了人们对俄罗斯美食的认同？还好，我们在去雅斯纳亚·波良纳托尔斯泰庄园的路上，途经小城图拉时尝试了一顿俄式正餐：菜汤（很浓的肉汤，加甜菜还是加西红柿是区别红菜汤和白菜汤的关键，汤中还要撒少许蒜末。有的俄罗斯人喜欢将一小杯伏特加倒入汤中一起食用）、白面包和黑面包、俄式沙拉（将切碎的鸡蛋、香肠、腌黄瓜和腊肠一起搅拌，最后加入蛋黄酱调味），主菜是牛肉饼加土豆泥。一路上就这么一顿俄餐，同行者中还是有人觉得无法下咽。看来，对家乡食物的相思比对一个人的思念要忠诚和长久得多。

>果戈理之墓，莫斯科新圣女公墓

涅瓦大街，陀思妥耶夫斯基在左，果戈理在右

灵魂碎了，安能苟且？

对"清浅"这个词充满好感，始于乔叶的小说《最慢的是活着》。在这部将奶奶与孙女之间由嫌弃而生的恨和爱写到了极致的小说里，乔叶塑造了一位比较特别的妈妈。由于奶奶的强势，二妞的爸爸给奶奶找的儿媳妇特别绵软，除了给奶奶生了两个孙子两个孙女外，家里的大事小事都不做主，唯一的寄托就是去村里的教堂。对于这样的儿媳妇，奶奶非常满意。可一旦家里有了她一个人拿不定主意的时候，特别是当二妞的爸爸因病亡故之后，奶奶会对儿媳妇有一点点恨铁不成钢。始终与奶奶拧巴着的二妞，不满奶奶对妈妈的态度，嘴上不能驳斥奶奶，心里将"清浅"这个词送给了妈妈："单纯和清浅的程度更接近于一个少女，而远非一个应该历尽沧桑的妇人。说话办事毫无城府，直至已经年过半百，依然在不经意间流露出一些浓重的孩子气。多年之后，我才明白，自己其实也是有些羡慕她的孩子气的。这是她多年的幸福生活储蓄出来的性格利息。"

八月是俄罗斯最好的时候,还是我们的运气太好?在那里的一个多星期,除了刚到莫斯科那会儿遇到一场大雨外,天天艳阳高照,蓝天白云。只是,濒临波罗的海所以湿气更大一点的圣彼得堡,每天早晨天空会被雪白的云彩"涨"得特别饱满,随着太阳渐渐升高,云朵会慢慢变小,直至变成丝丝缕缕,随性地划过天际——真是秋高气爽的最佳注脚。

我们就是在这种天气里走在涅瓦大街上,与伊萨基辅大教堂右侧拐角处的安格列吉尔酒店相遇的。

>安格列吉尔酒店

涅瓦大街,陀思妥耶夫斯基在左,果戈理在右

>叶赛宁肖像

在伟岸的建筑比比皆是的涅瓦大街上,安格列吉尔酒店毫不起眼,若不是有心要找一找俄罗斯诗人叶赛宁[1]投缳自尽的地方,怕是会错过我少女时期最喜欢的诗人恨别人世的地方。

1979年,我以非常不错的成绩考上了一所市重点中学——控江中学。这所地处上海东北隅的学校,建于20世纪50年代初期,完全是苏联的格局风格,亦即由几栋二层小楼组成一群教学楼。这倒也没什么,直到我在那儿读书的70年代末期,上海还远没有现在这么拥挤,没有人觉得那样的建筑布局非常占地皮,只是,这二层楼房,南面是走廊,北面是教室。夏天还好,廊檐正好遮蔽了火辣辣的

---

1. 叶赛宁(Sergei Yesenin, 1895—1925),俄罗斯诗人,以创作抒情诗文为主。

灵魂碎了,安能苟且?

阳光。冬天一到,太阳原本就懒洋洋的,又一点都照不进教室,上海的室内又没有取暖设备,我们从早到晚坐在这样的教室里苦读,冷得够呛。

1979年,就算是中学生也知道,口无遮拦已经不是罪,我们要埋怨的,又是苏联,于是,每节课预备铃响过之后等待老师进教室的两分钟里,我们总是跺着脚大骂苏联的建筑师都是蠢蛋。

杨茂番老师是从别处借来的历史老师,他是远近闻名押题很准的历史老师。杨老师来教我们的时候距离高考还有七个月,那时,我们已经被他的前任教得对历史毫无感觉。那天,我们并不知道历史老师换了新人,尸位素餐的历史老师加上严冬酷冷,预备铃响过的那两分钟里,我们的抱怨格外强烈,直到班主任吆喝到第三遍,我们才看见他:脸很短,鼻梁那儿像是被人狠揍了一拳,肤色呈酱油色。于是,班主任一走,议论声迟迟停不下来。杨老师也不恼,把头扭向窗外,说:"都是水杉。长得这么笔直,很像白桦树。"顿了顿,又说:"这个季节,北方的白桦树只有树干和树枝挺立在寒风里了,我给你们念一首诗吧。"对,他念的就是叶赛宁的《白桦》:

在我的窗前,
有一棵白桦,
仿佛涂上银霜,
披了一身雪花。

毛茸茸的枝头，
雪绣的花边潇洒，
串串花穗齐绽，
洁白的流苏如画。
在朦胧的寂静中，
玉立着这棵白桦，
在灿灿的金晖里闪着晶亮的雪花。
白桦四周徜徉着姗姗来迟的朝霞，
它向白雪皑皑的树枝又抹上一层银色的光华。

——刘湛秋等译

  那时，唐诗宋词刚刚回到我们身边，突然听到一首外国人写的诗，银霜、毛茸茸、流苏……这些柔软的词语冲击着我们久违诗歌的大脑，一时间，我们无以回应杨老师那带着乡音的朗诵。大概我们每一张脸都是一致的呆傻吧，杨老师索性回身，用他那一手漂亮的板书，将这首诗抄在黑板上。

  来年七月苦夏我们参加的高考，历史试卷一共三道大题，杨老师押中了两道半，不然，我大概要做落榜生了。

  挣脱了高考的束缚后，大学图书馆的藏书又那么多，我开始疯狂地阅读小说和诗歌，读了叶赛宁几乎所有的诗。毕业之后，我随波逐流，读过的书许多已经忘却，但叶赛宁我始终记得，他的诗，还有他那张英俊的脸庞。在刚刚过去的三十年中,国门大开,远到拉丁美洲近至日本的诗人,纷至沓来,但我们从来没有放弃过阅读俄罗斯、苏联诗人,只是我们更愿意说说阿赫玛托娃、曼德尔施塔姆、茨维塔耶娃。很少有人愿意提及叶赛宁了,觉得说自己喜欢叶赛宁等于在表白自己的浅显。叶赛宁的诗很浅白吗?

> 我记得你对我说过
> 美好的年华就要变成以往
> 你会忘了我
> 走向远方

——《我记得》,刘湛秋、茹香雪译

> 夜来临,四下一片静,
> 只听得溪水轻轻地歌唱。
> 明月洒下它的光辉,
> 给周围的一切披上银装。

——《夜》,刘湛秋、茹香雪译

没有阿赫玛托娃的苦难和悲悯,没有曼德尔施塔姆的不懈追问,没有茨维塔耶娃的不计后果。但叶赛宁的诗绝不是浅白,而是清浅。

1895年，叶赛宁出生在俄罗斯梁赞省，距离首都196公里。在绝大部分国土处在寒带的俄罗斯，梁赞省显得得天独厚，温带大陆性气候使这片辽阔的大地温润潮湿，森林茂密，物产丰富，此地盛产的蜂蜜，更让人们觉得梁赞省是一个甜蜜的地方。生长在这块丰饶的土地上，又在富农爷爷的呵护下，衣食无忧的叶赛宁对梁赞的泥土、树木、草原、牛羊、麦粒有着深厚的感情，等到他拿起笔来准备讴歌时，这里的风光自然成了他笔下最初的诗行。

可爱的家乡啊！心儿梦见了
江河摇曳着草垛似的众阳。
我真想藏身在绿荫深处，
藏到你百鸟争鸣的地方。
三叶草身上披着金袍，
和木樨草一道在田边生长。

——《可爱的家乡》，刘湛秋、茹香雪译

就算忧伤，也是苦艾的味道，虽然有些辛辣，但扑鼻而来的暗香很快遮蔽了微苦：

母狗沿着雪堆奔跑，
跟着主人的脚印追踪，
而那没有结冻的水面，

长久地，长久地颤动。
当它踉跄往回返时已无精打采；
边走边舔着两肋的汗水，
那牛栏上空悬挂的月牙，
好像是它的小宝贝。

——《狗之歌》，刘湛秋、茹香雪译

  如果 17 岁的叶赛宁从师范学校毕业之后回到家乡做了一名乡村教师，那么，他会不会像苏格兰诗人彭斯那样，成为又一位农民诗人？人生没有回头路，1912 年从师范学校毕业之后，叶赛宁离开家乡来到了莫斯科，在印刷厂当校对员、参加文学音乐小组、选修平民大学的课程……忙碌的都市生活让叶赛宁无暇、恐怕也关照不到树木、夜空、香草、田地以及孤苦的母狗。从暗潮涌动到终于爆发的十月革命，深深震撼着来自梁赞的农家小子。如所有血气方刚的年轻人一样，叶赛宁觉得自己必须投身到滚滚洪流中，作为已经小有名气的诗人，叶赛宁更觉得自己投身革命的最好办法，是用诗篇抒发对革命的向往之情和歌颂革命，于是，《变容节》《乐土》《约旦河的鸽子》《天上的鼓手》等著名诗作在红色风暴中诞生。

  这些诗行，连朗诵者都能感觉到是直接从诗人的嗓子里嘶吼出来的，而不是经由内心呐喊出来的，诗人自己岂能不知？这个由梁赞美丽的大地、茂密的树林、清香的草木和甘甜的蜜糖滋养成熟的灵魂开始不安：明明知道要跟上时代的步伐，但是内心深处更向往停留在满天繁星下的梁赞的静谧里。

幸好，他遇到了伊莎多拉·邓肯[1]，美国著名的现代舞舞蹈家，那一天，是1921年11月7日，十月革命四周年纪念日。

> 邓肯与叶赛宁

伊莎多拉·邓肯，出生于美国贫民的家庭，自小喜欢舞蹈，但家中无钱送她去学彼时最流行的典雅的芭蕾舞，这反而形成了邓肯那自由自在、放浪不羁的现代舞风格。她的祖国并没有因为她是名重一时的现代舞舞蹈家而善待她，在穷困潦倒中，苏联政府向她伸出了橄榄枝，邀请她到莫斯科参加十月革命纪念日的演出，一段至今还被人念

---

1. 伊莎多拉·邓肯（Isadora Duncan，1877—1927），美国舞蹈家，现代舞的创始人，是世界上第一位披头赤脚在舞台上表演的艺术家。

及的旷世绝恋，就此生发。

今天，我们注视叶赛宁的照片，如孩子般无辜的神情，一双幽蓝的眼睛像是无处安放似的。想象一下，当叶赛宁喜欢一个女人的时候，这双蓝色的眼睛会不会变成一汪碧波荡漾的湖泊？答案是肯定的，因为，经历过无数男人、43岁的邓肯被这汪湖水淹没了，那一年，叶赛宁26岁。他们的爱情只维持了两年，就在叶赛宁的主导下，两人分道扬镳。所以，与其说叶赛宁爱上了邓肯，不如说是爱上了那个在莫斯科大剧院舞台上一身红舞衣随性舞蹈的女子。舞蹈中的邓肯，在叶赛宁的眼里就是轰轰烈烈的十月革命，爱上她等于填补了叶赛宁因对十月革命产生的迷茫而在自己心里凿出的空洞。

离开邓肯后不久，叶赛宁没有履行与邓肯的约定做终身朋友，而是走进第三次婚姻，娶了列夫·托尔斯泰的孙女。因此，有人将花花公子的帽子扣在了叶赛宁的头上——长相出众、写一手能搅乱女人心的诗、与不少女人相好过、光婚姻就有了三次，不是情种又是什么？但你只要顺着诗人的创作年表一首诗一首诗地往下读，就会发现，所谓爱情，是叶赛宁那个躁动的灵魂在诗里都无法安生时短暂的歇息处。

当年，我读叶赛宁的诗，只觉得文字优美、意境好懂，如今再读，无法与十月革命以后的莫斯科、圣彼得堡和谐相处的苦楚，在他的诗里随时随处被发现：一方面，梁赞的日月星辰已经深深烙印在了叶赛宁的血液里；另一

> 索菲亚·安德烈耶夫娜

方面,革命形势又让叶赛宁觉得自己必须跟着布尔什维克走。两相撕扯,纵然是热烈的邓肯都无法将诗人带出踯躅的泥潭,遑论高贵的索菲亚·安德烈耶夫娜[1]?

与托尔斯泰的孙女索菲亚·安德烈耶夫娜成婚才半年,1925年12月28日凌晨,叶赛宁在圣彼得堡的安格列吉尔酒店5号客房里悬梁自尽。事后,有人专门用在这间客房里测得的数据证明,叶赛宁将自己悬吊在暖气管上是无法完成的事情,以此推测叶赛宁死得蹊跷。我却觉得,自觉跟不上红色风暴,试图在爱情中找到乡愁又屡屡失败之后,叶赛宁的灵魂碎了。一个碎了的灵魂,安能苟且?想法坚定,纵然那暖气管横在天边,又怎能阻止叶赛宁向死的决心?

---

1. 索菲亚·安德烈耶夫娜(Sophia Andreyevna Tolstaya, 1900—1957),叶赛宁的妻子,作家列夫·托尔斯泰的孙女。

再见。朋友。不必握手诀别,
不必悲伤,不必愁容满面——
人世间,死不算什么新鲜事,
可活着,也并不更为新鲜。

——飞白译

诗人临死前留下的诗行,经过辗转,被他一生中最爱的伊莎多拉·邓肯读到了。两年之后,漂泊到伦敦的她,脖子上长长的火红色围巾被汽车轮子死死地缠住直至勒断她的脖子。他们竟然以几乎相同的方式命归黄泉,其中的诡异真让人唏嘘不已。

不过,谢尔盖·亚历山德罗维奇·叶赛宁已经以自己的方式获得了永生!如果没有叶赛宁诗歌的陪伴,我的历史老师杨茂番,如何抵挡得住北大荒的暴风雪对他二十多年的磨损?所以,我始终不能接受这样的说辞:叶赛宁的诗不再被人提及是因为过于浅白。能够给身处绝境中的人以温暖和安慰,这样的诗怎么可能浅白?

是清浅,梁赞和爷爷给予少年叶赛宁的幸福生活,无时无刻不流布在他的诗行里,成了朗读者虽邈远但永远不会消失的希望。

涅瓦大街，陀思妥耶夫斯基在左，果戈理在右

展示在莫斯科特列恰柯夫画廊里的陀思妥耶夫斯基[1]肖像，是俄罗斯画家佩罗夫[2]于1872年应画廊主人特列恰柯夫订货而创作的。后来，作家的夫人安·格·陀思妥耶夫斯卡娅[3]在回忆佩罗夫给丈夫画这幅肖像的情景时写道："在开始工作之前的一周内，佩罗夫每天拜访我们。他让费奥多尔·米哈伊洛维奇处在各种不同的心情中，谈论，挑起争论，并能够觉察丈夫脸上最有特色的表情，这正是费奥多尔·米哈伊洛维奇沉醉于艺术思考时所具有的那种。可以说，佩罗夫在肖像中捕捉到了陀思妥耶夫斯基创作中的一瞬。"一个肖像画家肯与"模特儿"做这样长时间、多

---

1. 陀思妥耶夫斯基（Fyodor Mikhailovich Dostoevsky, 1821—1881），俄罗斯作家，20岁左右开始写作，第一本长篇小说《穷人》1846年出版。陀思妥耶夫斯基的重要作品有《罪与罚》（1866年）、《白痴》（1869年）以及《卡拉马佐夫兄弟》（1880年）。陀思妥耶夫斯基共写了11部长篇小说、3篇中篇小说及17篇短篇小说，其文学风格对20世纪的世界文坛产生了深远的影响。
2. 佩罗夫（Vasily Perov, 1834—1882），俄罗斯画家、俄罗斯现实主义运动重要人物。巡回展览画派创始人之一。
3. 安·格·陀思妥耶夫斯卡娅（Anna Dostoevskaya, 1846—1918），俄罗斯回忆录作家、速记员。作家陀思妥耶夫斯基第二任妻子。

>陀思妥耶夫斯基肖像,俄罗斯画家佩罗夫作品,藏于莫斯科特列恰柯夫画廊

>瓦西里·佩罗夫1851年自画像

角度的交流,是因为彼时的规范还是因为佩罗夫冥冥中感觉,将要落在他画布上的那个人是别具一格到一百多年以后都罕有可匹的大作家?原因也许难猜,但是,有意也好无心也好,佩罗夫花在陀思妥耶夫斯基身上的那份心思,终究结出了硕果。今天,我们还能找出一幅比佩罗夫的这一幅更出色的陀思妥耶夫斯基的肖像吗?看看佩罗夫画笔下的陀思妥耶夫斯基:十指痉挛般地紧扣在一起,躯干瑟缩地下塌着,脸色苍白,眼睛像是怕跟画家交汇似的微微低垂,左脸太阳穴处的青筋暴突着——一个沉醉于灼热的思考中的作家形象,神经质地跃然纸上。

是的,陀思妥耶夫斯基一生贫困,且半世活在惊恐

▷ 陀思妥耶夫斯基雕像，圣彼得堡

里，存世的影像肯定不多，但总有那么几幅，然而，国内出版的陀思妥耶夫斯基作品，但凡需要作家的肖像，多半选择佩罗夫的这一幅。我们一次又一次地被陀思妥耶夫斯基惊世骇俗的创作吓唬得难以自持后一次又一次地打量佩罗夫画笔下的陀思妥耶夫斯基，发现画布上的作家，左脸神经质地抽搐着。

画，特别是油画，成为印刷品后质感会有很大的消减。我以为是印刷品的质量导致了我的误读，这一次走进特列恰柯夫画廊，走到佩罗夫的真迹前仔细端详黑色背景前的陀思妥耶夫斯基，参观者们极高的素养为我营造了极其安静的观画氛围，我得以全神贯注地与作家对视，久了，他左脸的肌肉真的颤抖了起来……

陀思妥耶夫斯基出生在一个并不富裕的家庭，九岁时被发现患有癫痫，此后间或发病直至病逝。1849年4月23日，他因参与反对沙皇的革命活动而被捕，并于11月16日被判死刑。从4月23日到11月16日差不多半年的时间里，陀思妥耶夫斯基被羁押在牢房里等待未知的结局，这种折磨即便是神经坚强者也会难以消受，何况陀思妥耶夫斯基从小就患有癫痫。死刑判决下来的当口，尘埃落定倒也让陀思妥耶夫斯基心如止水了，行刑之前又被改判

涅瓦大街，陀思妥耶夫斯基在左，果戈理在右

流放西伯利亚，这叫极度不安的陀思妥耶夫斯基如何安放自己的灵魂？怀揣一颗躁动不安的心和拖着孱弱的身体在西伯利亚服刑十年，陀思妥耶夫斯基的思想产生了重大转变，身体也越变越坏，癫痫病发作越来越频繁。

癫痫发作起来的不能自主，让陀思妥耶夫斯基痛不欲生，这位对自己有着极大希冀的人，觉得应该针对死死盯着自己的病魔做点什么。从39岁开始，陀思妥耶夫斯基把自己的每一次发病都记录在一个笔记本上，到59岁他去世为止，陀思妥耶夫斯基自己记录共发病102次，症状是"喉咙里发出一种十分怪异的、持续不断的、绝非人类的声音，然后晕倒在地，身体不停地抽搐，嘴角流淌出白沫"（《刻小说的人》，比目鱼著，新星出版社出版）。让人诧异的是，作家本人竟会这样"运用"自己的病态，在一封给哥哥的信中他写道："以往每次我经历这种神经紊乱时，都会把它用在写作上，在那种状态下我会比往常写得更多，也会写得更好。"也就是说，像《罪与罚》这样的杰作，完全有可能是陀思妥耶夫斯基在发病状态下完成的。这就可以解释了，为什么我们初读《罪与罚》第一部时会让人倍觉不可思议，但掩卷而思又不得不惊叹陀思妥耶夫斯基写作技巧的先锋性。他在塑造拉斯科尼科夫的时候可能处于谵妄状态，从而使他在自己虚构的世界里无所不能，所向披靡。于是，我们跟随拉斯科尼科夫的脚步更是跟随拉斯科尼科夫的思绪，从起意杀掉放高利贷的老太婆开始，到打定主意走出涅瓦大街旁干草市场的简陋出租屋，路过门

> 1800年的涅瓦大街

> 夜幕下的涅瓦大街

涅瓦大街,陀思妥耶夫斯基在左,果戈理在右

> 陀思妥耶夫斯基之墓地雕像，圣彼得堡

> 果戈理肖像画，俄罗斯画家费奥多·莫勒作品

房看见斧子时的又喜又怨，走在干草市场前往老太婆的公寓时想要被意外阻止又想顺利进入老太婆公寓的矛盾，走进老太婆的房间确认如自己耳闻的那样与之同住的妹妹不在后的窃喜和遗憾，劈死老太婆后未及逃离却遇到提早回家的妹妹时的无措和再起杀心以及不得不再度举起斧子劈死妹妹后，面对两具血肉模糊的尸体的惊慌和处理尸体过程中的冷静，其实是在试着跟随陀思妥耶夫斯基跨越漫长且纠结的心理距离，难怪能与伟大的作曲家瓦格纳翻脸的尼采会折服于陀思妥耶夫斯基的笔力："我从他那里获得了最有价值的心理学资料，所以我才如此尊重他，崇拜他。"至今都让人觉得思想前卫的尼采，一句话道出了陀思妥耶夫斯基作品能够保持长久前沿性的枢机。也许，我们不应该将自己的阅读愉悦寄托在作家癫痫发作时的苦痛之上，

涅瓦大街，陀思妥耶夫斯基在左，果戈理在右

但正是癫痫发作时的谵妄成就了越来越杰出的陀思妥耶夫斯基，而导致其癫痫一发再发的原因，是困窘的生活，外化到《罪与罚》里，就是拉斯科尼科夫借居的涅瓦大街旁干草市场周边的那间形似棺材的出租屋。

涅瓦大街只能是贫穷的渊薮吗？不，不。除了给拉斯科尼科夫们带来贫穷外，涅瓦大街还是圣彼得堡的最繁华之处，与陀思妥耶夫斯基同时代的另一位俄罗斯伟大作家果戈理[1]以涅瓦大街为名创作的一篇两万多字的短篇小说，这样开篇："最好的地方莫过于涅瓦大街了，至少在彼得堡是如此；对于彼得堡来说，涅瓦大街就代表了一切。这条街道流光溢彩——真是咱们的首都之花！我知道，住在彼得堡的平民百姓和达官贵人，无论是谁都是宁肯要涅瓦大街，也不稀罕人世上的金银财宝。"华丽的开场戏后，果戈理的笔端被小说中两个为爱或自戕或受辱的年轻人的悲剧黏滞得无暇旁顾涅瓦大街，直到小说的结尾处，果戈理才愤懑地写道："可别相信这条涅瓦大街！当我走过这条大街时，我总是用披风把自己裹得严严实实的，根本不去注意那些迎面碰见的事物。一切都是骗局，一切都是梦幻，一切都是表里不一。"爱涅瓦大街到骨髓的果戈理，到底不

---

1. 果戈理（Nikolai Gogol, 1809—1852），俄罗斯作家，生于现在的乌克兰大索罗钦齐的一个哥萨克家庭。他自幼好好文学，深受启蒙运动的影响。1831年发表的《狄康卡近乡夜话》使他受到了亚历山大·普希金的赞誉。1836年，他的讽刺喜剧《钦差大臣》上演，在这部作品中，他用幽默的笔调和有力的讽刺手法，使俄国喜剧艺术发生了重大转折。1842年，《死魂灵》一出版，就"震撼了整个俄罗斯"，成为俄罗斯文学走向独创性和民族性的重要标志。别林斯基称他为继亚历山大·普希金之后的"文坛照干""诗人的魁首"。而整个19世纪40年代也被车尔尼雪夫斯基称为"果戈理时期"。1847年，他发表了《与友人书信选》，公开表示对以前所有作品的忏悔。果戈理是俄国现实主义文学的奠基人之一，也是"自然派"的创始人。

肯像陀思妥耶夫斯基那样,彻底撕去不属于涅瓦大街的伪饰,在细心描述涅瓦大街 24 小时的街景时,他忍不住赋予了这条大街美丽的暖色,这就注定了他的短篇小说《涅瓦大街》是一篇传统的批判现实主义的作品,无非想用揭露和讽刺社会的丑恶来鼓励读者勇敢坚定地生活下去。果戈理之后,用于小说创作的创新手法一波又一波,果戈理的讽刺已然过时,他的艺术成就也已被公认远不及曾受过他作品影响的陀思妥耶夫斯基。

以涅瓦大街为轴,陀思妥耶夫斯基在左,果戈理在右。没有了陀思妥耶夫斯基,涅瓦大街失去了阴面;没有了果戈理,涅瓦大街将终日晒不到太阳。只有将陀思妥耶夫斯基和果戈理笔下的涅瓦大街一起供奉在俄罗斯文学的殿堂里,俄罗斯文学才是完整的。就好比我们行走在八月的涅瓦大街上,阴侧会让人觉得冷风飕飕必须穿上外套系紧扣子,阳侧又会让人感觉燥热,只好将外套搭在臂弯上。

此去俄罗斯,我带着陀思妥耶夫斯基的《罪与罚》上路,飞机上读、火车上读、入住宾馆以后临睡前也会读上几页,等到了圣彼得堡就有了一个心愿:一定要在涅瓦大街上走一遍。2015 年 8 月 17 日,我从喀山大教堂开始向西而行,一直走到海军部大楼;8 月 19 日又从喀山大教堂出发向东而去,直到圣彼得堡火车站。去时阴侧回时阳侧,涅瓦河的三条支流莫依卡河、格利巴耶多夫运河及喷泉河一一越过,也曾走进"沃尔夫与贝兰热"甜食店,看了几眼俄罗斯糕点,猜想当年普希金喝咖啡时搭配了哪一

>从涅瓦大街俯瞰莫依卡河

>比邻涅瓦大街的喀山大教堂

涅瓦大街,陀思妥耶夫斯基在左,果戈理在右

款甜食才让他一杯饮尽后义无反顾地去了"小黑河"。当然，我也被好几拨俄罗斯人拦住，听他们用洋腔十足的汉语问要不要蜜蜡和套娃。我没有要套娃也没有要蜜蜡，倒是要了两回俄罗斯当地产的个头大得吓人的蛋筒冰淇淋，边吃边远眺滴血大教堂。只是这款只用蜡纸简易包装的蛋筒冰淇淋，老头卖给我的时候收了我 100 卢布，老太卖给我的时候收了我 75 卢布——看来，果戈理的《涅瓦大街》依然正当时。

> "辛格屋"现为出版社和书店所在地，涅瓦大街的地标建筑

涅瓦大街，陀思妥耶夫斯基在左，果戈理在右

普希金,用鹅毛笔宣誓了俄罗斯的丰赡

戴上耳机,用声音
为你呈现异国风采

拿到俄罗斯之行的日程安排以后,我心头一紧:不去看看普希金[1]吗?你看,有列夫·托尔斯泰故居行,却没有安排给普希金的时间。也许,在同行者的心里,列夫·托尔斯泰的分量远远超过了普希金?可能吧。俄罗斯文学这一浩瀚的银河,星汉灿烂、群星荟萃,哪一颗是你心中最亮的,都属情理之中。

但是,于我而言,普希金是一个有着启蒙意义的名字,所以我想,到了俄罗斯一定要想方设法拜谒一下这位

---

1. 普希金(Alexander Pushkin,1799—1837),俄罗斯诗人、剧作家、小说家、文学批评家和理论家、历史学家、政论家。俄国浪漫主义文学的杰出代表,俄国现实主义文学的奠基人,是19世纪前期文学领域中最具声望的人物之一,被尊称为"俄国诗歌的太阳""俄国文学之父",现代标准俄语的创始人。普希金的诗体小说《叶甫盖尼·奥涅金》全景式地展示了当时俄国社会的全貌,堪称"俄国生活的百科全书"。他不仅支持十二月党人的某些观点,更在自己的作品中提出了那个时代的主要社会性的问题:专制制度与民众的关系问题、贵族的生活道路问题、农民问题;塑造了有高度概括意义的典型形象:"多余人"、"金钱骑士"、"小人物"、农民运动领袖。这些问题的提出和文学形象的产生,大大促进了俄国社会思想的前进,有利于唤醒人民,有利于俄国解放运动的发展。普希金的优秀作品达到了内容与形式的高度统一,他的抒情诗内容丰富、感情深挚、形式灵活、结构精炼、韵律优美。他的散文及小说情节集中、结构严整、描写生动简练。普希金的创作对俄罗斯现实主义文学及世界文学的发展都有重要影响,高尔基称之为"一切开端的开端"。代表作:诗歌《自由颂》《致大海》《致恰达耶夫》《我记得那美妙的一瞬》《鲁斯兰和柳德米拉》《青铜骑士》等;诗体小说《叶甫盖尼·奥涅金》;短篇小说《黑桃皇后》;中篇小说《上尉的女儿》等。

>普希金雕像,圣彼得堡

88　　　　　　　　　　　涅瓦大街,_{陀思妥耶夫斯基在左,}
　　　　　　　　　　　　　　　_{果戈理在右}

将俄罗斯文学提升了一个位格的诗人。

我的小学和中学时代,内地的出版界一片荒芜。公共图书馆里都是"运动"的产物,直到上大学之前,我能抓在手里的世界名著,就是我爸爸在他刚参加工作拿到第一个月工资后买的一本司汤达[1]的《红与黑》。

我就读的是中文系。关于文学,特别是外国文学,我一片空白地进了大学。幸运的是,我是1981级的大学生,这意味着什么?这意味着我们进学校的时候,中国教育史上的一大奇观云蒸霞蔚地惠及了我们。我是说,因为1966年至1976年停止了大学招生而累积了十年的人才,大多汇聚在了1977级和1978级,我们进校的时候,他们还有半年或一年才毕业。这些多则大我们十来岁少则大我们七八岁的哥哥姐姐们,像爱护自己的亲人一样将我们拽进了他们丰厚的文学世界里。

那是一次迎新晚会,1977级、1978级洞察了我们虚弱的文学修养,可以歌舞升平的时候,他们却用自己的方式向我们推荐中文系的学生应该具备的常识:话剧《雷雨》片段、《樱桃园》片段,屠格涅夫、海明威作品片段朗读,艾青、普希金、莱蒙托夫[2]的诗朗诵……敦实的他一走上讲台,我就认了出来。进校伊始,学校用了一周时间巩固我

---

1. 司汤达(Stendhal,1783—1842),法国作家。他以准确的人物心理分析和凝练的笔法而闻名。他被认为是最重要和最早的现实主义文学实践者之一。代表作:《红与黑》《帕尔马修道院》等。
2. 莱蒙托夫(Mikhail Lermontov,1814—1841),俄罗斯作家、诗人。被视为普希金的后继者。代表作:抒情诗《鲍罗金诺》《祖国》《孤帆》;长诗《恶魔》;中篇小说《当代英雄》;剧本《假面舞会》等。

们的师范专业思想，听报告、看电影《苗苗》《乡村女教师》、观赏与教师职业相关的文艺节目，他上台朗诵了普希金的《假如生活欺骗了你》，那音色，堪比《简·爱》里的罗切斯特、《一个警察局长的自白》里的警察局长。当然，这两位都是由上海译制片厂的邱岳峰和杨成纯代言的，正因为如此，我们简直怀疑，他就是两位中的一个，一首《假如生活欺骗了你》朗诵完毕，我们使劲鼓掌，他于是加演一段译制片片段，果然就是《一个警察局长的自白》里局长与意大利黑手党正面交锋时的一段对话，他一会儿局长一会儿黑手党，那磁性十足的声音让我们再看他矮墩墩的个头，已然觉得十分洒脱了。他站在讲台上，一段欢迎词后，"还是普希金吧。"他说。

> 当我紧紧拥抱着
> 你的苗条的身躯，
> 兴奋地向你倾诉
> 温柔的爱的话语，
> 你却默然，从我的怀里
> 挣脱出柔软的身躯。
> 亲爱的人儿，你对我
> 报以不信任的微笑；
> 负心的可悲的流言，
> 你却总是忘不掉，
> 你漠然地听我说话，

既不动心,也不在意……
我诅咒青年时代
那些讨厌的恶作剧:
在夜阑人静的花园里
多少次的约人相聚。
我诅咒那调情的细语,
那弦外之音的诗句,
那轻信的姑娘们的眷恋,
她们的泪水,迟来的幽怨。

——《当我紧紧地拥抱你》,邱琴译

他如磁石一般勾人的声音久久回荡着,让彼时本就悄无声息的教室愈发安静——我们被吓坏了。那一年,我们十七八岁,突然在大庭广众之下有人朗诵"当我紧紧拥抱着/你的苗条的身躯/兴奋地向你倾诉/温柔的爱的话语",这让我们无地自容,纷纷垂下了脑袋。一会儿,他们的班长冲上讲台,将还在诗的意境里的他拽醒:"瞎来什么!"我们在班长的呵斥中抬起头来,惊诧地看到,他已经泪流满面。

从那以后,我开始注意他的动静。没过多久,他的消息就成了学校公共事件:他在农村插队时就相识并相恋了十八年的女友到学校来告状,说他们已经有了夫妻之实,读了大学以后他却成了陈世美,要甩了她。学校通报,因为他未与旧女友分手却又搭识了新女友,脚踩两只船,性质十分恶劣。作为惩罚,他被分配去远郊学校教书。

当系主任在主席台上义正词严地宣布对他的处分决定时,我的耳畔一直回响着他朗诵《假如生活欺骗了你》和《当我紧紧地拥抱你》的声音。也就在那一刻,我似乎懂得了那晚他为什么要改变既定安排,朗诵起了《当我紧紧地拥抱你》,冥冥中我还觉得,普希金的诗里有撩拨人的情怀和契合人心中难言情感的灼见——我要有一本《普希金诗集》。

1829年的冬天,普希金去朋友家参加一个沙龙舞会。刚刚从白雪皑皑的室外走进灯火璀璨的舞厅,贵族男女特别是裙钗们姹紫嫣红的装扮,让普希金一时云里雾里。即便如此,娜塔莉亚·尼古拉耶夫娜·冈察洛娃[1]的美貌还是从一群莺莺燕燕中跳脱出来,狠狠地拽住了普希金的视线。越看,普希金越喜欢冈察洛娃,那种古典的容貌、优雅的举止正是普希金心中关于妻子的蓝图啊,这位骑士开始靠将过去。彼时,普希金已经以自己的诗作在莫斯科和圣彼得堡名声响亮,尤其是青年人,把同样年轻的普希金当作自己的偶像。偏偏这个冈察洛娃,像是不知道世上还有一个名叫普希金的多情诗人一样,颔首一笑算是回应了普希金的热情,然后就飘然而去。她不知道,她那一身飘

---

1. 娜塔莉亚·尼古拉耶夫娜·冈察洛娃(Natalia Nikolayevna Goncharova, 1812—1863),普希金的妻子。1837年2月8日普希金与法国流亡保皇党人乔治·丹特斯决斗,结果腹部受了重伤,两天后去世。后嫁给了彼得·彼得洛维奇将军。

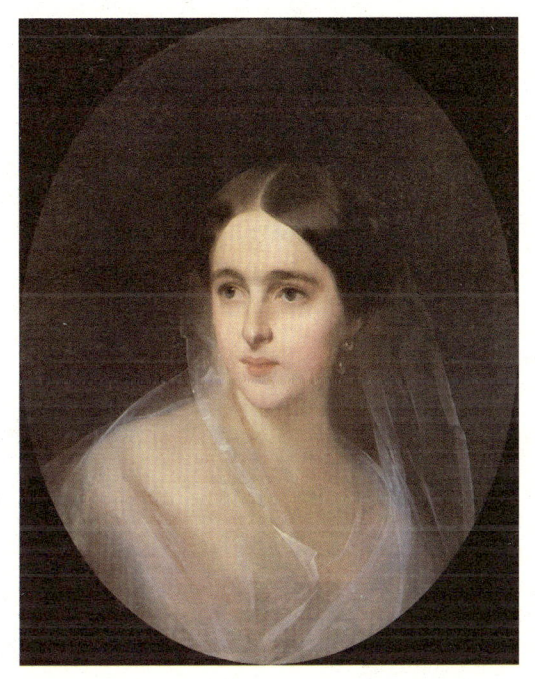

>娜塔莉亚·尼古拉耶夫娜·冈察洛娃

飘如霓裳的衣裙,如春风般吹开了诗人的春心。

  没过多久,始终得不到绝世佳人芳心的普希金,索性破釜沉舟向冈察洛娃求婚,但冈察洛娃不置可否。急火攻心之下,普希金去往高加索参加了俄罗斯与土耳其的战争,他想用时间和纷繁的世事帮助自己忘记美人。然而,半年之后一回到莫斯科,普希金忍不住又去拜访了冈察洛娃,遭遇的是美人又一次的冷漠待之。普希金绝望了,在他给友人的信中这样写道:"当时我丧失了足够的勇气表白自己,我觉得我扮演了十分可笑的角色,这是我生平第一次显得如此胆怯,而人到了我这个年龄的胆怯绝不会博得少女的喜爱。"满篇竟无一词是怪罪美人无情的。

痛恨着自己的怯懦,普希金离开莫斯科,前往圣彼得堡。六百多公里的距离让普希金的相思更加苦楚,他只有在半年之后回到莫斯科再一次向冈察洛娃求婚。出乎所有人的意料,这一次,冈察洛娃居然马上答应了普希金,欣喜若狂之下,普希金担心夜长梦多,挑选了一个近在眼前的日子,1830年5月6日与冈察洛娃订婚,除了按照世俗礼仪给了冈察洛娃一个未婚夫要给未婚妻的礼物外,还有那饱含激情从而火热灼人的诗篇。

我们学校那间东倒西歪的新华书店,在20世纪80年代上半期,大概是学校最令人瞩目的地方。一有第二天要发售世界名著的消息传出,就会有人漏夜等候在新华书店门前的小树林里。那时候的男生其实很谦让女生,但是一说及要连夜排队买世界名著,就再也没有男生愿意拔刀相助了,我的《普希金诗集》是自己排了大半夜的队买到的,上、下两册,一本是绛红色的封面,一本是墨绿色的封面。一买到这套诗集,首先选读他写的爱情诗,《我们一起走吧,我准备好啦》《圣母》《是时候啦,我的朋友》……

抱得美人归的普希金,深感甜蜜之外更多的是烦恼。就算已为人妻,冈察洛娃,不,已经名唤普希金娜的容貌依然吸引着那些登徒子们。血液中流淌着非洲族裔凶悍因子的普希金,岂肯枉担妻子被人调戏的骂名,悲剧因此上演。

＞涅瓦大街普希金咖啡馆

＞普希金咖啡馆

＞坐在咖啡馆里那张固定的桌子旁、呷着黑咖啡的普希金蜡像

普希金，用鹅毛笔宣誓了俄罗斯的丰赡

圣彼得堡涅瓦大街18号的这家咖啡馆，已经被更名为普希金咖啡馆。2015年8月的那个午后，我从喀山大教堂起步，行走在涅瓦大街上，慢慢往冬宫方向而去，一步一偏头地寻找普希金咖啡馆。就是这里了：黑色的门廊上，是红黄白三色店标。门边的柠檬黄墙上，黑色铭牌上有一支鹅毛笔，铭牌的左下方，则是诗人普希金的浮雕……这一切都在告诉我们，这里是普希金人生的最后足迹。

1837年1月27日，圣彼得堡还是隆冬季节，但明媚的阳光让这个冬季的午后一点儿也不阴郁。可是，坐在咖啡馆里那张固定的桌子旁、呷着黑咖啡的普希金，心情却不像窗外的阳光那般明媚，一会儿他将从这里出发，去决斗场跟一个胆敢觊觎他妻子的混蛋决斗。一想到这里，普希金再也坐不住了，最喜欢的黑咖啡也没有心情喝完，就起身移步而去，这一去，就再也没有回到这家咖啡馆那张总是为他留着的桌子旁书写诗行，在病榻上缠绵了两日后，诗人撒手人寰。咖啡馆有情，直至今日，一尊惟妙惟肖的普希金蜡像真实地再现着那个下午诗人忧伤的心情，桌上放着一杯他最爱的没喝完的黑咖啡。咖啡馆里还陈列着一封普希金写给妻子普希金娜的信，信中普希金用黑咖啡来比喻妻子给他的感受："你就如沃尔夫与别兰热的咖啡一样，让我苦涩，让我甘甜，让我向往……"那封俄文写成的信，我一个字都看不懂，浏览着普希金那像他的爱情诗一样能飞扬起来的字迹，那个朗诵《假如生活欺骗了你》和《当我紧紧地拥抱你》的学长的身影，又浮现在我眼前：

不知道为了爱情被分配去了上海奉贤的他今安在?

就算还偏安于上海的一隅,恐怕也放弃了教职吧?从1982年至今,教师从与环卫工人一样不被允许跳槽,经历了人才流失、人才回归、人才缺乏等职业风潮以后,如今再次成为人们向往又惧怕的职业。他如果还坚守在教师岗位上,大概早就悟得,让他放弃留校资格的爱情,其实是生活中不那么重要的组成部分,没有爱情,生活也许会乏味,却不像失去了勇气后,日子将难以为继。我也是将红绿两本《普希金诗集》读破以后才明白,真正的普希金,是《普希金诗集》里的《青铜骑士》以及《普希金诗集》外的《叶甫盖尼·奥涅金》《上尉的女儿》《鲍里斯·戈都诺夫》……后来,我的孩子去了寄宿制学校,每个星期五下午我都要到上海桃江路、汾阳路、岳阳路的三角地去等待送他到这里的校车。每个星期五下午,只要有可能,我都会特意早一些去到三角地,无他,那里有一尊普希金的塑像。有时,我会在那里碰到中学生,他们总是绕着普希金转了一圈又一圈,嘴里念叨着"假如生活欺骗了你……"。我总是忍不住想要告诉他们,真正的普希金是《青铜骑士》《上尉的女儿》《叶甫盖尼·奥涅金》《鲍里斯·戈都诺夫》……

这次在莫斯科,我最后还是去参观了阿尔巴特街上的普希金故居。买票、进门、上楼、下楼,看他那幅著名的画像,看他用过的书桌,看他盘桓过的房间,总觉得它不是我心目中普希金的故居。后来,到了圣彼得堡的皇村,

>普希金夫妇雕像，地处莫斯科阿尔巴特大街

>普希金之莫斯科故居室内

涅瓦大街，陀思妥耶夫斯基在左，果戈理在右

那一尊普希金的塑像，取代不了我故乡的那一尊。是不是这一次俄罗斯之行凭吊普希金的愿望将无法实现？不。

圣彼得堡的十二月党人广场，有一尊彼得大帝骑马的雕像。这尊雕像，除了以五米高度从视觉上征服了所有前来观赏的人们外，马背上的彼得大帝睥睨天下的姿态以及马后蹄踩着象征瑞典等强国的毒蛇，无不彰显着俄罗斯人的彪悍和霸气！此铜像由女皇叶卡捷琳娜二世于1782年邀请法国雕塑家法尔科内[1]完成，1833年，普希金完成著名的叙事长诗《青铜骑士》后，俄罗斯人民马上将这一尊彼得大帝塑像改称为青铜骑士——说起来，普希金是为情所伤，可是，在俄罗斯人民的心中，普希金是像彼得大帝一样的民族英雄。只不过，彼得大帝马上战马荡平了天下，普希金则是用一支鹅毛笔向全世界宣誓了俄罗斯民族的丰赡。

---

1. 法尔科内（Étienne Maurice Falconet，1716—1791），法国洛可可雕塑家。他的资助人是著名的蓬帕杜尔夫人。他最成功的早期雕塑作品之一是关于帝罗托邦的米罗的，这使得他在1754年成为法兰西艺术院的会员。而坐落在俄罗斯圣彼得堡的彼得大帝青铜骑士像则是他生平最优秀、最具代表性的杰作，也是圣彼得堡的标志性景点之一。

> 彼得大帝骑马雕像，俗称"青铜骑士"像，位于圣彼得堡

涅瓦大街，陀思妥耶夫斯基在左，果戈理在右

我有我的肖洛霍夫

草婴[1]先生走了,在我将长久的梦想变成现实的两个月后,这位告诉我苏俄文学是一面多棱镜的翻译家,走了。

2015年的夏天,临去俄罗斯之前,我特意从书橱里请出《托尔斯泰小说全集》,翻完一本就摩挲一遍封面上译者的大名,心里说:如果我第一遍阅读托翁的《安娜·卡列尼娜》是草婴先生的译本,再阅读《复活》和《战争与和平》,中间还会不会用几乎一年的时间来犹疑?

2015年8月14日,我行走在列夫·托尔斯泰的故居雅斯纳亚·波良纳的时候,在进门处的林荫大道上,在托翁写作和起居了一辈子的两层小楼里,我在心里一直默念草婴先生的名字。除了感佩先生举一己之力重译了列夫·托尔斯泰的全集从而让我们可以读到语言风格一以贯之的中文译本外,我还想知道:1985年的苏联之行,草婴先生您

---

1. 草婴(1923—2015),原名盛峻峰,浙江镇海人,中国俄罗斯文学翻译家。主要翻译列夫·托尔斯泰、莱蒙托夫、肖洛霍夫诸家名作。代表译著:《托尔斯泰小说全集》《静静的顿河》《一个人的遭遇》《当代英雄》等。

来过此地后,有没有去过肖洛霍夫[1]先生的顿河?这样的问题我只敢放在心里默默地问,我怕同行者会笑话:与草婴先生生活在同一座城市,你不会想方设法去当面请教?当然,先生已经年过九旬,不方便我等不相干人员随便打扰。更重要的原因是,我觉得草婴先生通过翻译托尔斯泰全集,他灵魂的一部分已经留驻在托翁故居,我问,他听得见。

草婴先生走了,这样的秋夜我们如果慢行在雅斯纳亚·波良纳,抬头仰望,一定能看见天上有两颗最亮的星星开心地眨着眼睛,那一定是托尔斯泰和草婴在另一个世界里已经相遇,此刻正相谈甚欢。不揣冒昧,我还是要问:肖洛霍夫在草婴心中的地位如何?大度得恨不能散尽家产

＞肖洛霍夫　　　＞肖洛霍夫的签名

---

1. 肖洛霍夫(Mikhail Sholokhov, 1905—1984),苏联作家。连任多届苏共中央委员,当过苏联作家协会书记,并两次获得"社会主义劳动英雄"勋章。1965年以《静静的顿河》一书荣获诺贝尔文学奖。1999年,《静静的顿河》手稿被发现存于肖洛霍夫密友库达绍夫的远亲家中。当时的俄罗斯总统普京下令财政部筹款,以50万美元购得,俄罗斯文献鉴定专家委员会鉴定手稿确为肖洛霍夫手迹,目前珍藏于"高尔基世界文学研究所"。联合国教科文组织决定,2005年命名为"肖洛霍夫年"。

> 1933年苏联《小说报》开始连载肖洛霍夫的《静静的顿河》

> 艾琳娜·别斯特里斯卡娅,《静静的顿河》电影主角

的托尔斯泰一定不会在意我的执念,说不定他还会不耻下问:肖洛霍夫是谁呀?

对大多数人来说,米哈伊尔·亚历山德罗维奇·肖洛霍夫是《静静的顿河》的作者。而对我来说,肖洛霍夫首先是《一个人的遭遇》的作者。1983年,当我以为苏联文学就是高尔基、马雅可夫斯基[1]、法捷耶夫[2]、奥斯特洛夫斯基[3]的时候,是学校油印的由草婴先生翻译的肖洛霍夫的《一个人的遭遇》,让我震惊之余深感自己的孤陋寡闻,从

---

1. 马雅可夫斯基(Vladimir Mayakovsky, 1893—1930),苏联著名诗人。
2. 法捷耶夫(Alexander Fadeyev, 1901—1956),苏联作家,政治人物。以描绘俄国内战的《毁灭》和卫国战争中的地下抵抗运动的《青年近卫军》知名,曾长期担任俄罗斯无产阶级作家协会主席和苏联作家协会总书记。1956年5月13日在赫鲁晓夫的迫害和折磨中自杀身亡。
3. 奥斯特洛夫斯基(Nikolai Ostrovsky, 1904—1936),苏联著名无产阶级革命家、作家,布尔什维克战士。其最出名的作品是描写俄国内战的《钢铁是怎样炼成的》。

我有我的肖洛霍夫　　　　　　　　　　　　　　　　　　　　103

此沉潜进苏俄文学,陀思妥耶夫斯基、艾特玛托夫[1]、契诃夫等一大串作家的名字进入我的视野,他们的作品进入了我的阅读清单。阅读是寂寞的,但收获是丰满的。陀思妥耶夫斯基的诘问是那么盘根错节,艾特玛托夫的荒野是那么辽远又希望永在,契诃夫用文字堆叠起来的富矿到今天都让我有开掘不尽的忧伤……而这,我固执地认为,觉悟于学校油印给我们的那本小册子:土黄色的牛皮纸封面上,一个老兵孤独地走在旷野上,大地深处,"一个人的遭遇"的字样,缥缈得形单影只。

索科洛夫是一个有着美满、幸福家庭的工人。卫国战争开始了,三天后,公民索科洛夫告别了妻子儿女应征入伍。战争中,索科洛夫负伤后被俘,被关押在德国集中营。两年中,索科洛夫受到了种种非人的折磨,是一个死过几回的人。1944年,设法回到祖国的索科洛夫不得不接受一个令他悲痛欲绝的事实,他朝思暮想的妻子和两个女儿早在1942年就被敌机炸死,唯一的儿子也在战争胜利的那天早上壮烈牺牲于柏林前线。虽然心灰意冷,但索科洛夫不想就此告别这个让他走投无路的世界,而是选择孤独地生活下去。好在,战争结束了。索科洛夫复员回到家乡,当了汽车司机,然而,在一次交通事故后,他的驾驶执照被收缴,他失业了,只好流落他乡苦苦度日。一天,

---

1. 艾特玛托夫(Chinghiz Aitmatov,1928—2008),苏联作家。其作品集被翻译成100多种文字在世界各地出版。代表作:《白轮船》《一日长于百年》《死刑台》《群峰颠崩之时》等。

索科洛夫在火车站"捡"到一个在战争中失去父母的孤儿万尼亚,万尼亚让索科洛夫想起了战前自己那个幸福的家,他决定收养万尼亚组成一个新的家庭。生活很艰难,但偶得的万尼亚让索科洛夫看到了新的希望。

——《一个人的遭遇》,上海师范大学中文系 1984 年油印本

一部篇幅虽小却被苏俄文学界评价为预告解冻文学的伟大小说。肖洛霍夫在设计小说的气氛由阴冷向温暖转折时,将地点放在了火车站,为什么?作家没有多做说明,我却以为,是因为在肖洛霍夫的人生和文学生涯中,一座车站是其成败得失的见证。这座车站,叫米列罗。现在,想要去肖洛霍夫故居,无论是选择从莫斯科出发还是从圣彼得堡出发,当火车抵达一个叫米列罗的小站时,你就应该下车了。出了小站,你会发现,很是荒凉。第二次世界大战之后,这个国家从苏联过渡到了独联体,但一个让当局很无奈的现状一直延续着,那就是人口呈负增长状态。第一次俄罗斯之行,我只能在莫斯科和圣彼得堡两城做几天停留,那里,似乎看不见地广人稀的肃然,可是,从莫斯科到图拉的一路上,从莫斯科到圣彼得堡的火车沿线,那真是只见树木和旷野,罕见生动的人群。那么,米列罗很荒凉,又有什么可奇怪的?!只是,从米列罗到肖洛霍夫的家乡月申斯克镇,得有数十分钟的车程,等一辆定班的大客车或者找一辆出租车,都是要费些周章的事情,想

象一下，差不多一百年前，肖洛霍夫往来于家乡和莫斯科，得经历怎样的舟车劳顿？但17岁的肖洛霍夫还是通过先马车后气喘如牛的火车去了莫斯科。因为这个少年知道，只有抵达过莫斯科，为自己绘就的文学蓝图才能实现。

那一年是1922年，肖洛霍夫从月申斯克镇出发，一路颠簸到米列罗车站后，挤上了去莫斯科的火车。

2015年，经历过苏联解体、休克疗法后的经济萎缩以及被西方世界经济制裁后，莫斯科显得有些萧条。克里姆林宫依然不可一世，红场上依然人头攒动，古姆百货依然灯火通明，但是，更像是莫斯科窗口的阿尔巴特街，却呈现着不可掩饰的萧条——除了街口的普希金故居不停歇地有人进进出出外，从这里出发一直走到阿尔巴特街的另一头，除了游客就是死拉硬拽游客与之合影的卡通人了，还有，就是不停地吆喝蜜蜡和套娃的店员。虚假的繁荣让阿尔巴特街无所作为得让人心疼，幸好，还有那位街头艺术家清亮的歌声在提醒我们，俄罗斯是一头瘦死也不会倒伏的骆驼。

1922年的莫斯科，流转到布尔什维克手里的时间还不长，一定是生机勃勃的吧？所以来自顿河畔的肖洛霍夫，蓦地与之相遇，很是手足无措。顿河边他的家乡，林木掩映、河水流淌，不知从何来也不知去哪里的顿河九曲回环，住在河边的哥萨克，散居在广袤的大地上，时时上演着如格里高利和阿克西妮亚那样汹涌澎湃的爱情故事。在这样一幅风景画里长大的肖洛霍夫，乍一遇到莫斯科的车水马龙和威严耸立的建筑，怎会不瞠目结舌？1922年，走进莫斯科后的肖洛霍夫以乡村少年的直截了当，完成了他人生中的三件大事，一是加入了文学组织"青年近卫军"，二是与一位哥萨克女教师玛丽姬·格罗斯拉夫斯卡娅结为伉俪，三是发表了平生第一篇短篇小说《胎记》。差不多两年之后，魂牵梦萦着月申斯克小镇和在小镇旁流淌的顿河，肖洛霍夫携妻回家，当然是由莫斯科火车站出发，慢条斯理地到达米列罗后，他们再换乘便车，一路颠簸，这才踏入位于月申斯克镇顿河坡道上的家。

　　这一次去俄罗斯旅行，时间匆忙，不允许我如当年肖洛霍夫那样，从莫斯科搭乘火车到米列罗，再乘大客车去月申斯克镇去看看那一栋米色的两层建筑，可我忘不掉那本油印小册子《一个人的遭遇》带给我对文学的翻天覆地的认知，临行前忍不住一遍遍地问去过俄罗斯的朋友，就在俄罗斯逗留这么几天，有没有可能去一趟月申斯克镇呀？让我失望的是，就算在俄罗斯逗留过三四个月，他也不曾动过要去看看肖洛霍夫故居的念头。我们几乎忘了肖洛霍夫。自20世纪80年代后期以来，美国文学、英国文学、德国文学、西班牙文学特别是拉丁美洲文学渐成内地外国文学的主流，曾经那么深切地渗透进我们生活的苏俄文学，被容易忘却的我们淡忘得难以在记忆中找到痕迹。只有那些年过半百的文学爱好者，去俄罗斯时曾试图想去月申斯克镇祭拜当年曾经给过自己文学滋养的肖洛霍夫，但无一例外地被当地导游打了回票：连托尔斯泰故居都少有观光客前去!

是,从莫斯科出发到图拉——托尔斯泰庄园所在的小城,是四个多小时的车程,都少有人问津,遑论需时更长的莫斯科到月申斯克镇之旅了。虽然是畏途,当年的肖洛霍夫却不得不一次次地上路。苏联时期,一个作家哪敢距离布尔什维克的中心过于遥远?说来也是惊心动魄,如若那一次作家本人不急中生智,世间也许就没有皇皇巨著《静静的顿河》了。

贵为苏维埃政权认可的作家,肖洛霍夫从不恃才傲物,而是将自己的身心完全融入顿河,融入生活在顿河边的哥萨克中。苏维埃政权农庄集体化推行到顿河流域之后,像苏联其他地区一样,政策的弊端开始显现。把自己

> 肖洛霍夫纪念碑,莫斯科果戈理大街

涅瓦大街,陀思妥耶夫斯基在左,果戈理在右

当作顿河畔哥萨克一员的肖洛霍夫无法做到对哥萨克们的食不果腹和衣不蔽体视而不见,他为民请命,直接写信给斯大林,如实反映了曾经丰饶的顿河两岸已经被灾难和饥馑笼罩得荒凉一片的情况。肖洛霍夫的直谏为当地百姓要到了救命粮食的同时,也为自己招惹了麻烦。1939年,当地政府罗织罪名,企图逮捕肖洛霍夫,是那些吃过他讨要来的救命粮的哥萨克,将风声透漏给了肖洛霍夫,把他送到了米列罗,一列迅即从米列罗出发开往莫斯科的火车,帮助肖洛霍夫逃过了一劫。

又一场惊梦降临,是在四年之后,恰好经停莫斯科的肖洛霍夫被当时的联共(布)中央政治局委员、中央书记日丹诺夫[1]召见。城里的上级与乡下的下级越过了初次这么近距离交谈的生疏后,肖洛霍夫听见日丹诺夫向他宣布:苏联作协总书记法捷耶夫打算创作新作品,向苏维埃请了创作假,党决定让肖洛霍夫接任。没有思想准备的肖洛霍夫愣仕了,且不说作协总书记的职务将全然打乱自己的创作计划,法捷耶夫在任上给苏联作家们带来的厄运,即便身在远离莫斯科的月申斯克镇,肖洛霍夫也是悉数耳闻了,他岂能不知道书生在权力面前的百无一用和百般无奈?法捷耶夫只是做了当局迫害知识分子的替罪羊,而肖洛霍夫,不愿意自己沾染上污点。情急之下,肖洛霍夫从口袋里掏出火车票,诚恳地告诉日丹诺夫:"我已经买好了

---

1. 日丹诺夫(Andrei Zhdanov,1896—1948),斯大林时期主管意识形态的苏联主要领导人之一。

回家的火车票。"就这样,肖洛霍夫又坐上了从莫斯科开往米列罗的火车。

1950年,苏联政府出资让每一位对国家做出重大贡献的知识分子在莫斯科郊外建造别墅,肖洛霍夫再一次选择远离莫斯科,说什么也不愿意在莫斯科的郊外安家,以自己在顿河边的家在第二次世界大战中被德国人炸毁为由,请求国家让他在原址重建他的家,于是,月申斯克镇顿河边就有了这栋米色的二层小楼。就在这栋楼里,肖洛霍夫完成了新婚后从莫斯科归来时就开始写作的鸿篇巨制《静静的顿河》……

1965年,因为多卷本《静静的顿河》,肖洛霍夫荣获诺贝尔文学奖。从这之后,说及肖洛霍夫,人们言必称《静静的顿河》,这无可厚非,这部肖洛霍夫用了十四年的时间才完成的皇皇巨著,凝聚着作家的多少心血?可那也是大众的肖洛霍夫。我的肖洛霍夫,首先一定是《一个人的遭遇》的作者。草婴先生用极其优雅的汉语将我看不懂的《一个人的遭遇》变成了我的写作模本,这难道不是奇迹吗?

燕燕,我在重读屠格涅夫

1984年的岁末,上海严寒。同宿舍的伙伴都回家去了,虽然那时上海家庭取暖的办法是白天手捧热水袋、晚上脚抵汤婆子,但总比我们朝向西北的宿舍强。并且,家里还有爸爸妈妈的温暖。

我从小在外婆家长大,回到父母身边后一直与他们有很深的隔阂,就以要复习参加研究生考试为借口,假期不回家了。

八个人的宿舍,现在就剩我一个了,没有了八个人的共呼吸,宿舍里冷得够呛,早晨起来,玻璃窗上结着冰花,架子上的毛巾冻成了冰棍。当然,我可以睡到午后,可年轻人的胃肠消化功能极佳,每天早上我都是因为饿得受不了才不得不起床的。起床后,又因为冷,我手握硬邦邦的毛巾,晃晃空空如也的热水瓶,总是想哭。

那一天,也是如此。我正要鼓足勇气冲向比宿舍还像冰窖的盥洗室时,听到有人敲门。我把门开了一条缝看出去,原来是教我们文艺理论的陈老师。我讪笑着开足了宿舍的门,这才看见,陈老师的身后还跟着一个人。她个子矮小,皮肤白皙,两条麻花辫搭在肩头,上身一件红彤彤的棉袄,下身一条肥嘟嘟的黑裤子,脚蹬一双黑灯芯绒棉鞋,显得有点土。"看够了吗?"陈老师的笑问让我挺不好意思的,我扭头冲他们身后漫无目的地笑着,又听到陈老师说:"给你带一个人来做伴,欢迎吗?"我一愣。我不是一个合群的人,除非遇到对心思的。可事到如今,除了点头,我还能怎样?"林燕燕,佳木斯师范大学的,报考我们学校的研究生。本来要住到学校招待所的,我一想,你不也一个人吗?"

就这样,林燕燕成了我复习迎考的伴侣。同吃同住同复习了两三天后,我发现林燕燕挺对我胃口的,那种故作姿态的冷然,开始被我自己丢弃。见我这样,原本是按捺住自己的林燕燕彻底放开了,跟我埋怨:"你们上海太冷了。"什么!我鼻子一哼哼:"你一个东北人,居然说上海冷?!""可不!我们佳木斯室外温度是低呀,可室内烧了暖气,可舒服了。"见我一副不知暖气为何物的傻样,她继续嘚瑟:"冬天从来不下雨。瞧这里,总下雨,更冷。我们那里,下雪,鹅毛大雪,美极了,看着一点儿也不冷。"我长到大学都快毕业了也没看见过几场像模像样的大雪,就揶揄道:"深山老林,能美成什么样?"燕燕像是绕了一大圈就为了等我这个问题似的,将一本屠格涅夫[1]的《猎人笔记》摆在我的面前,翻到那一页敲了敲,"读读!"我乖乖地读了读:"太阳下山了,不过林子里仍然很明亮;空气清新而明朗;鸟儿叽叽喳喳地叫着;鲜草像绿宝石一样发出耀眼的光泽……你就等着吧。林子里面慢慢地变黑了;落日的红光渐渐地沿着树根和树干冉冉升高,从还没有长出叶子的低枝移到纹丝不动的、沉沉入睡的树梢上……很快树梢也变得黯淡了;红色的天空成了蓝色。林子里的气息变得浓烈了;夹杂着微微的暖和的潮气;吹过来的晚风在你身旁静止不动了。鸟儿也开始睡了——似乎不是一下

>屠格涅夫肖像画,列宾作品

---

1. 屠格涅夫(1818—1883),俄罗斯现实主义小说家、诗人和剧作家。屠格涅夫生于俄罗斯奥廖尔省奥廖尔一个旧式富裕家庭,父亲是一个骑兵团团长,十六岁的时候父亲去世。屠格涅夫的妈妈脾气很不好,经常打骂自己的孩子。屠格涅夫进入莫斯科大学学习一年,随后转入圣彼得堡大学学习经典著作、俄国文学和哲学。1838年前往柏林大学学习黑格尔哲学。在欧洲屠格涅夫见到了更加现代化的社会制度,被视为"欧化"的知识分子,主张俄罗斯要学习西方,废除包括农奴制在内的封建制度。他擅长细腻的心理描写和抒情;他的小说结构严整,情节紧凑,人物刻画生动,尤其是女性艺术形象,描写的大自然充满诗情画意。代表作:长篇小说《罗亭》《贵族之家》《父与子》;中短篇小说《猎人笔记》《初恋》《春潮》;剧本《贵族长的早餐》《单身汉》等。

燕燕,我在重读屠格涅夫

子都入睡的,因为种类不一样,早晚也就不一样:首先安静下来的是燕雀,片刻之后就是知更鸟,然后是黄鹂。林子里变得更黑了。树林融合成黑黝黝的一大片;蓝色的天空羞羞怯怯地露出了星星的眼睛。所有的鸟儿都睡了。只有红尾鸟和小啄木鸟还无精打采地发出像口哨一样的叫声……很快它们也没有动静了。再次在你的头顶上方响起柳莺那悦耳的叫声;黄鹂不知在哪儿悲惨地叫了一阵后,夜莺就开始唱歌了。你也许等得不耐烦了,突然——不过只有猎人才懂我说的话——突然由那沉沉的寂静中传出一种很特别的喀喀、嗒嗒的声响,你会听到急切、短促而又均匀的翅膀扇动的声音——这就是山鹬,它们高雅地斜着自己很长的嘴,从黑暗的白桦树后边轻松地飞到外面……"(《猎人笔记》,屠格涅夫著,冯春译,上海译文出版社出版)读到这里,我翕动嘴巴刚想气燕燕:哪里说下雪了?燕燕的神情叫我闭上了嘴。只见她眼光迷离得已经看不见近在咫尺的我,脸颊红得发烫,身体都有些发颤了,这才离家几天啊!我赶紧转移话题:"燕燕,你真喜欢屠格涅夫啊,这本《猎人笔记》,你好像随身带着呢。"燕燕一激灵,灵魂也回来了,告诉我,她就是因为喜欢屠格涅夫才报考我们学校俄罗斯文学专业的研究生的,"知道吗?我外甥出生的时候,我缠着我的姐姐姐夫一定要给孩子起名叫木木,柴木木,我姐夫正好姓柴。知道为什么吗?"我摇头,觉得好好一个孩子叫一个木头木脑的名字干什么。林燕燕生气了,几乎是从牙缝里挤出一句:"屠格涅夫写过一篇小说就叫《木木》。"

我来了气性,虽然被研究生考试科目中的政治和英语压榨得焦头烂额,还是找到《木木》读了起来。

1852年2月,屠格涅夫的好友果戈理去世。忌惮于果戈理的政治立场以及他在当时俄罗斯的影响,沙皇政府明令禁止彼得堡的报刊上刊登悼念果戈理的文章,还特别强调,如果屠格涅夫写了纪念果戈理的文章并发表,就逮捕他。外表儒雅但性格刚烈的屠格涅夫就是不肯屈服,迅速写了一篇颂扬果戈理的文章后,躲开密探的监视,将文章送到莫斯科,发表在了《莫斯科新闻》上。很快,沙俄的特务机关看到了已经公开发表的这篇文章,以最快的速度传唤了屠格涅夫,在监禁了他一个月之后,屠格涅夫被沙皇流放到原籍斯巴斯克耶。《木木》的主角哑巴格拉西姆的原型是屠格涅夫母亲庄园里的一个农奴,沙皇的流放成全了屠格涅夫最好的短篇小说,可惜,初读《木木》时我太年轻,没有将其与即将到来的废除农奴制革命联系起来。不过,一个不能说话的大汉,对应一条柔弱的、叫木木的斑点狗,是能让女学生神经战栗的人物关系,从那之后的三五年里,我迷恋上了屠格涅夫,《猎人笔记》《罗亭》《父与子》《贵族之家》《阿霞》……"语言的巨人,行动的侏儒"成为那一段时间里我最愿意拿来与人争论的话题以及指摘自己不喜欢的人的评语,后一点,深受燕燕的影响。

因为屠格涅夫,我们两个关系好到形影不离,她开始跟我絮叨她的男友,正在吉林大学攻读日本文学研究生的小冀。从她的叙述中我得知,小冀希望她放弃读研究生,回北方与他结婚,我说:"去呀,既然你那么爱他。"可是燕燕回答:"男人以文学研究为终身职业,不就是一个'语言的巨人,行动的侏儒'吗?"我无言以对。研究生考试结束后,燕燕要回家等待是否入围复试的消息,我特意去徐家汇买了一只布制玩具斑点狗,让她带回去送给柴木木。

我的研究生考试铩羽而归,原因是政治成绩缺了一分。一个念头闪过脑际:如果我把阅读屠格涅夫的时间用在背诵政治上呢?但只是闪过,很快我就从失利的阴影中挣脱了出来,该干吗干吗,包括每天早上去学校最好的林荫道上读书,春天就这么又来了。

那天早上,我与我非文学系的男友正在林荫道上攻读新概念英语,听见陈老师叫我,我循声望去,我的天,林燕燕!换了春装的燕燕显然要比冬天时漂亮了许多,特别是她那被冬装捂得严严实实的洁白无瑕的脖子。我丢下男友径直奔向燕燕,我们拥抱在了一起。互相揉搓中,我听见燕燕小声说道:"我以为你会生气呢,我以为你会生气呢。"为什么?我放开她转向陈老师,他平静地告诉我,燕燕来是为了参加复试。我的心被狠狠地一拽,但是,21岁的我已经懂得掩饰,"怎么会呢。我们又不是一个专业的。"可是,等到陈老师带着燕燕去办理相应手续后,我还是哭了。那是我第一次在男友面前落泪。

很意外,燕燕面试没有通过,据说是被人替换了。大概燕燕已有所察觉,面试结束后那天下午连着晚上,燕燕把我约到校园的一个角落里,说了许多,细节省略后,她说其实她已经结婚,小冀是她的丈夫,木木是他们的儿子。小冀说如果她来上海读研究生,他们就离婚。木木肯定不给燕燕。"对了,"燕燕含着泪说,"木木可喜欢那只小狗了,总是接一盆清水将小狗按进去。"可以这么喜欢玩具的吗?当时,我不明白燕燕为什么要告诉送玩具的人这样一个细节。现在,我也依然不太明白。只是,没有读上研究生的燕燕,回家后还是跟小冀离了婚,这是燕燕写信告诉我的。我回信追问,木木呢?没有答案。

  数年以后,我突然收到一封来自美国的信函,一看到信封上的字迹,我便激动得想哭,是燕燕!信里,她告诉我,她嫁了一个小她五岁的傻瓜,就跟着到了美国。我连夜写信,照着信封上的地址寄过去,却又没了下文,这一晃,二十多年过去了。

  我以为我已经将林燕燕忘记了,可是,俄罗斯的游程确定以后,我马上想起了她!于是,我找出《猎人笔记》,找到她当年指给我的那一段:"林子里面慢慢地变黑了;落日的红光渐渐地沿着树根和树干冉冉升高,从还没有长出叶子的低枝移到纹丝不动的、沉沉入睡的树梢上……很快树梢也变得黯淡了;红色的天空成了蓝色。"可惜,此行俄罗斯,只在莫斯科和圣彼得堡转悠,我一路寻找屠格涅夫的俄罗斯,但是无果,只在圣彼得堡感觉到了他的存在:被沙皇解除流放后,屠格涅夫回到圣彼得堡。回来之后,屠格涅夫发现自己已经无法融入以车尔尼雪夫斯基为中心的文化圈子，寂寞中离开俄罗斯前往法国。整个19世纪70年代，屠格涅夫像一株无根的浮萍，漂浮在巴黎的文化圈子，备尝了被边缘化的苦果以后，屠格涅夫与流亡在巴黎的民粹分子关系非常密切，时常接济他们。他是希望这一股政治力量能够帮助自己回家。

最终，他没能回家，1883年9月3日下午2时，屠格涅夫在法国巴黎的布尔日瓦尔逝世。最终，他还是回了家，不久，遵照屠格涅夫生前的遗愿，其遗体被从法国运回圣彼得堡，葬在沃尔科夫墓地别林斯基的墓旁。

遗憾的是，我竟没有足够的时间找到沃尔科夫墓地，找到屠格涅夫。去俄罗斯之前，我还暗暗许愿，要站在屠格涅夫墓前告诉燕燕，我在重读屠格涅夫。

>屠格涅夫墓地，圣彼得堡沃尔科夫公墓

墓木已拱,但他从未走远

>列夫·托尔斯泰画像,列宾作品

列夫·托尔斯泰[1]庄园雅斯纳亚·波良纳[2]应该是我俄罗斯之行的重头戏。按照我以往的习惯,去俄罗斯之前,关于列夫·托尔斯泰庄园,我会做足功课。《复活》和《安娜·卡列尼娜》已经不需要重读了,青春岁月里,不知道多少遍重温过一个大叔在时过境迁以后良心发现地无尽忏悔的故事和一个美人迟暮以后依然迷途不知返地在爱海里

1. 列夫·托尔斯泰(Leo Tolstoy,1828—1910),俄国小说家、哲学家、政治思想家,也是非暴力的基督教无政府主义者和教育改革家。他是在托尔斯泰这个贵族家族中最有影响力的一位。作为杰出的艺术巨匠,托尔斯泰的创作有三大特点:最清醒的现实主义,卓越的心理描写,非凡的艺术表现力。托尔斯泰著有《战争与和平》《安娜·卡列尼娜》和《复活》这几部被视作经典的长篇小说,被认为是世界最伟大的作家之一。在文学创作和社会活动的过程中,他还提出了"托尔斯泰主义",对很多政治运动有着深刻影响。 托尔斯泰于1902年至1906年间每年均获得多次诺贝尔文学奖提名,并于1901年、1902年和1909年多次获得诺贝尔和平奖提名,而他从未获奖也成为诺贝尔奖历史上的巨大争议之一。

2. 雅斯纳亚·波良纳(Ясная Поляна,意为"空旷的林间空地"),作家列夫·托尔斯泰出世、生活和长眠的地方,位于俄罗斯图拉市西南12公里。列夫·托尔斯泰的故居在他死后成为纪念他的博物馆,起初由他的女儿亚历山德拉·托尔斯塔娅管理,现在的博物馆负责人也是托尔斯泰的后人。博物馆摆放托尔斯泰的个人财产、动产和藏书22000本的图书室。托尔斯泰就是在这里创作他的著名小说《战争与和平》和《安娜·卡列尼娜》。博物馆包括托尔斯泰的大宅、他为农民儿童兴建的学校和他被埋葬的公园,第二次世界大战时被德军侵占和亵渎,但大部分珍贵的物品都预先被苏联政府搬走。大战过后,大宅恢复至托尔斯泰居住时的面貌,而雅斯纳亚·波良纳继续成为俄罗斯其中一个大批游客参观的旅游景点。1960年8月30日,该博物园区被俄罗斯苏维埃联邦社会主义共和国部长会议列为共和国重点保护古迹。

沉浮的故事。但是，当年没有读完的《战争与和平》，今天是不是应该再试一试能否入我眼入我心了？可是，眼下的心境已经无法沉潜下来阅读四卷之巨的长篇小说，我投机取巧地找到最好版本的电影《战争与和平》看了一遍，需要细细琢磨的地方再拿出原著来，如此，倒也在出发前将《战争与和平》顺了一遍。那么，我是不是还应该了解一下雅斯纳亚·波良纳？

陈丹青先生的《无知的游历》将很大篇幅献给了雅斯纳亚·波良纳，我恰巧刚刚读过。画家嘛，写起列夫·托尔斯泰故居来，布局和色彩变化拿捏得煞是准确——画家一旦用文字而不是画面表达心声时，常会有出人意料的表现，黄永玉、吴冠中、黄苗子、陈丹青皆是如此。尤其是陈丹青，以针砭时弊的杂文为人瞩目，所写文章如同砖块

> 列夫·托尔斯泰画像，列宾作品

扔进水塘里,"扑通扑通"的回声总让读者流连忘返。谁又能想到,这样一位火辣辣的写手,一触碰到列夫·托尔斯泰,竟然像是交作文给老师的小学生,一路写来战战兢兢不说,他竟然始终将《战争与和平》带在手边。两相比较之下,我怎么敢宣称:雅斯纳亚·波良纳,我准备好了?

事实上,我的确没有准备好。

列夫·托尔斯泰的故居雅斯纳亚·波良纳位于俄罗斯的图拉市[1],距离莫斯科大约180公里。我们的奔驰旅行车上午9点从莫斯科的伊兹玛依洛夫斯基公园附近我们的酒店出发,一路畅行在俄罗斯辽阔的平原上,我一边叹息如此肥沃的土地竟然大片大片地抛荒着,一边焦急地等待文豪的故居蓦然出现在眼前。然而,直到中午12点多,车子才进入图拉市,这一座以生产茶炊和甜饼而享誉俄罗斯的城市,用时不时陈列在街边的废弃大炮和飞机告诉途经者,在第二次世界大战期间,这座城市曾经是苏联的兵工厂。而那一座傲立在城市里的第二次世界大战纪念碑,则郑重地告诉游客:图拉为拥有列夫·托尔斯泰而自豪,也为第二次世界大战中城市为祖国所做的贡献而骄傲。

那天,我们只为追随列夫·托尔斯泰而去,所以,在

---

1. 图拉市(Tula),俄罗斯的工业市镇,位于莫斯科以南165公里,有乌帕河流经。作为重工业重镇,图拉以军工生产闻名。苏维埃国内革命战争期间,知名的图拉枪炮厂就位于该城。1941—1945年的苏德战争期间,图拉因是军工城市,成为德国在1941年10月24日和12月5日攻破苏联莫斯科地区的目标,但该市因有充足的装备而屹立不倒,古德里安的第二装甲师也在图拉被击败。图拉在苏联对莫斯科防守和随后反击时确保了南翼安全。图拉在1976年被授予"英雄城市"的称号。图拉以一种由蜂蜜和姜饼制成的传统俄罗斯食品图拉姜饼出名。图拉在西方被称为茶炊的生产中心,因此有一句俄罗斯谚语:"你到图拉时不会带茶壶。"

>第二次世界大战纪念碑,图拉市

涅瓦大街,陀思妥耶夫斯基在左,果戈理在右

图拉市中心一家餐馆用过由奶油汤、色拉和牛肉饼加土豆泥组合而成的简单俄餐后,就直奔雅斯纳亚·波良纳而去。车子在乡间道路上又行驶了十来分钟之后,终于,列夫·托尔斯泰的故居出现在我们眼前。

>俄餐

墓木已拱,但他从未走远

>列夫·托尔斯泰庄园，雅斯纳亚·波良纳

也就是说，从莫斯科到雅斯纳亚·波良纳，一辆奔驰旅行车一路畅行需要三个多小时，想象一下，托尔斯泰时期乘坐马车从雅斯纳亚·波良纳到莫斯科，路上得费多大的周折？如果不是一次次地出入莫斯科上流社会的社交场合，托翁怎么可能写出《安娜·卡列尼娜》这样一个哀婉、凄美的女人为爱飞蛾扑火的故事？托翁又让安娜·卡列尼娜为了渥伦斯基奔波在莫斯科和圣彼得堡之间，两座城市之间的铁路距离是630公里，乘坐高铁需要四个多小时，托尔斯泰时期，火车还属新生事物，它气喘如牛地行进在铁轨上的模样我们在电影中见识过，借助火车往来于两城之间，不是今天我们所费四个多小时能够完成的，所以，安娜·卡列尼娜才有可能与渥伦斯基的母亲在火车车厢里促膝长谈；所以，安娜·卡列尼娜才有可能初会渥伦斯基；

涅瓦大街，陀思妥耶夫斯基在左，果戈理在右

>列夫·托尔斯泰庄园,雅斯纳亚·波良纳

所以,安娜·卡列尼娜才有可能在莫斯科的火车站站台上回眸一笑。她的笑,当然是给比丈夫卡列宁潇洒了许多的渥伦斯基的,我们作为旁观者看见的是,在直喘粗气的列车旁,在车头吐出的散不尽的白雾中,一身黑衣、面色白皙的安娜·卡列尼娜真是"回眸一笑百媚生"。大概,就是这一笑紊乱了列夫·托尔斯泰的心,这位年轻时游走在莫斯科和圣彼得堡贵族社交圈的浪荡子,在十二月党人的启悟下,又经历了1861年的废除农奴制的革命,开始忏悔起年轻时的荒唐。作家的忏悔比起普通人来有情怀了许多,你瞧,托尔斯泰想到的不是写一部直白的忏悔录,而是想通过谴责安娜·卡列尼娜不忠诚婚姻的故事来表达自己的觉悟。哪里想到,安娜的笑如春风,吹开了已经植入列夫·托尔斯泰的心灵深处那朵叫作人文关怀的花,花一开永不谢,初版至今已逾一百年的《安娜·卡列尼娜》,依旧以其永不凋零的艺术魅力,独步于世界文学之林。只是,老托尔斯泰对往事的追悔未曾消弭,这就有了那个虽情深意切却得不到由喀秋莎而玛丝洛娃的一个原谅,从而不得解脱的涅赫留多夫。

当年初读《复活》,以为那只是文豪编的故事。而今回味《复活》,我疑惑:涅赫留多夫身上有多少托尔斯泰的影子?想必有,且不少。这才使解放了农奴、分了田地、为农奴办了学校的列夫·托尔斯泰,依然不能摆脱良心的谴责,于是,隆冬之夜他独自出走,继而病死在离家不远的小火车站里。

1910年11月,雅斯纳亚·波良纳大门里的这条大道旁的白桦树,已经枯枝败叶,旁边的湖水已经封冻,列夫·托尔斯泰选择这样的夜晚离开家,离开成就他成为世界一流作家的雅斯纳亚·波良纳,若不是胸中的块垒无以消解,他断然不会出此下策。而2015年8月的雅斯纳亚·波良纳,湖水波光粼粼、白桦树郁郁葱葱,碧空如洗、白云如絮,犹如我家乡的秋天。我们沿着白桦树大道慢慢往里走,走过一片苹果树林,一排低矮的红墙简屋是圈养马匹的场所,斜对面则是这个庄园的老主人、托尔斯泰的外公居住的地方。再往深处走去,一栋白墙绿顶的二层小楼出现在眼前,它就是列夫·托尔斯泰生活了八十二年的地方。相对于整个"明亮的林中空地",故居显得那么狭窄,当我套上鞋套,在故居讲解员的带领下一处一处地

>列夫·托尔斯泰肖像照,俄罗斯摄影家普罗库金-戈斯基作品,1908年

墓木已拱,但他从未走远

﹥列夫·托尔斯泰庄园的白桦林之路，雅斯纳亚·波良纳

涅瓦大街，陀思妥耶夫斯基在左，果戈理在右

参观托尔斯泰书写《战争与和平》、书写《安娜·卡列尼娜》的房间时，更觉逼仄，尤其是文豪睡觉的床铺，狭小得不可思议——是俄罗斯人就喜欢生活在如此紧凑的空间里，还是在简朴生活思想的影响下托尔斯泰的选择？

　　走出故居继续行走，不远处，就是列夫·托尔斯泰的坟墓了。奥地利作家斯蒂芬·茨威格在一篇题为《世间最美的坟墓》的文章中这样描绘："这只是一个长方形的土堆而已，无人守护，无人管理，只有几株大树荫庇。"一个世纪之后，这里依然是"没有十字架，没有墓碑，没有墓志铭，连托尔斯泰这个名字也没有"，只是芳草萋萋爬满了"长方形的土堆"——雅斯纳亚·波良纳墓木已拱。

＞列夫·托尔斯泰墓地，雅斯纳亚·波良纳

墓木已拱，但他从未走远

但是，他从来没有走远。给我们做讲解的故居解说员是一个二十出头的小姑娘，面容还算清秀，腰身却已经粗壮起来。可她说及故居的主人，时而开怀、时而蹙眉、时而拘谨、时而松弛的样子，让我瞬间产生错觉：列夫·托尔斯泰就在不远处。此生参观过的故居、博物馆已经难以计数，也遇到过几位优质的讲解员，比如山西省博物馆的那一位，声情并茂、循循善诱，可那是职业式的讲解，不像眼前这位俄罗斯少女，讲解就是一次将自己融化进托尔斯泰生活的过程。她的讲解越是引人入胜，不安就越发搅动得我面红耳赤：我竟敢不认真读完《战争与和平》就来拜见列夫·托尔斯泰的在天之灵。

为了撰写大部头的《战争与和平》，托尔斯泰特意让人将自己的卧房调整到故居中最安静的一隅。我站在诞生《战争与和平》的房间里，趁人不备向着托尔斯泰就寝过的窄窄的床铺深深地鞠了一躬，意思是，回家之后，纵然俗事再多，我也一定抽空认真读一遍《战争与和平》，因为我已经知道，虽然托尔斯泰的墓木已拱，但他从未走远。只有认真读完他全部作品的读者，来到托尔斯泰在雅斯纳亚·波良纳的故居时，才能得到一代文学大师的启悟。

不再回首,只为城南旧事?

>叶甫盖尼·基辛

梦里,叶甫盖尼·基辛[1]含笑坐在我对面,他的身后,纤尘不染的窗外,枫叶红、银杏黄。基辛身穿蓝灰色和砖红色相间的宽条衬衫,用中文侃侃而谈他的艺术生涯。醒来,梦境还是那么清晰地在我的眼前晃动,我竟有些不敢动弹,怕身一动梦飞远。

梦见叶甫盖尼·基辛,是因为睡前看了一部关于他的纪录片《音乐天才》。因为一个秘而不宣的理由,关于基辛的中文资料少之又少,我好不容易搜到的这一部纪录片,没有中文字幕。或许,是因为英语不是俄罗斯人叶甫盖尼·基辛的母语的缘故?影片拍摄于1997年,那时诗人离开美国到英国才两年,在英语世界里才生活了六年。影

---

1. 叶甫盖尼·基辛(Evgeny Igorevich Kissin, 1971—),俄罗斯古典钢琴家。基辛生于莫斯科的一个犹太家庭,父亲是工程师,母亲是钢琴老师。基辛2岁开始学琴,6岁进入格涅辛音乐学院,师从安娜·帕夫洛夫娜·坎特尔。基辛天赋异禀,据说11个月大时就会哼唱巴赫的赋格,4岁可以凭记忆弹出整首协奏曲。10岁时,基辛在乌里扬诺夫斯克首次和管弦乐团合作,演奏了莫扎特第二十钢琴协奏曲。11岁便举办了首场个人独奏会,还完成了肖邦的第一和第二协奏曲,被认作神童。1988年,基辛受邀在卡拉扬指挥柏林爱乐的年终音乐会上演奏了柴可夫斯基第一钢琴协奏曲,开始收获国际关注。1991年,基辛和家人离开俄罗斯,在伦敦、纽约和巴黎等地居住。2017年3月,基辛在布拉格和卡丽娜·阿尔祖马诺娃完婚。

不再回首,只为城南旧事?　　　　　　　　　　　　　　131

片中，基辛的英语说得特别慢，我高度集中起自己的注意力，勉强听到了关于基辛的一些为什么。

1971年10月10日，叶甫盖尼·基辛出生，与家人住在莫斯科城南一套三居室的公寓里——关于基辛的中文资料很少，但凡说到基辛，"与家人住在莫斯科城南一套三居室的公寓里"是必备的条目。一个钢琴家的简历，为何必须强调他曾经住在哪里？

2003年11月24日凌晨，莫斯科卢蒙巴各族人民友谊大学发生的特大火灾造成了特别惨重的损失，二十八人死亡，一百多人受伤。学校的所在地在城南。

2004年2月7日凌晨，一枚烈性炸弹袭击了莫斯科城南的一栋公寓，大量儿童被埋在公寓中。

"这位老师在莫斯科城南的一所语言学校进修。几个月前，他外出到市场买菜的时候遇到了一帮街头的小混混。不知怎么一言不合，这帮小流氓一拥而上，把他打倒在地。幸亏和他同去菜市场的一位老师施以援手，护住了他的头，才没有出大事。但他的一条腿已经被打断了。"这段描述来自一位到俄罗斯留学的中国留学生，写于2008年。

这些或记录或描述的事实，多少反映了城南在俄罗斯首都莫斯科的"成色"。至于基辛与家人生活的三居室公寓，条件如何？我们在莫斯科时的导游小徐说，莫斯科大街上那些式样难看的火柴盒一样的公寓楼，大规模兴建始于赫鲁晓夫时期。为了让莫斯科人居者有其屋，赫鲁晓夫时期的建筑只求有不求好，丑陋且粗糙。赫鲁晓夫以后，执掌苏联牛耳的先后有勃列日涅夫、安德洛波夫、契尔年科、戈尔巴乔夫。除了戈尔巴乔夫，就城市建设而言，这几位继承了赫鲁晓夫的衣钵，更有甚者，为了节约建筑材料，从勃列日涅夫时期开始，公寓的层高被设计得越来越低。小徐个子不高，1米75左右吧，他说他所租住的公寓是契尔年科时期建造的，稍一纵身，他就能摸到家里的天花板。

1971年出生的基辛，所住公寓是赫鲁晓夫时期或勃列日涅夫时期的。虽不像以后的公寓低矮得让人觉得特别压抑，但与父母、姐姐们起居在三居室的公寓里，拥挤是必然的。过于狭窄的空间给成长中的基辛带来了怎样的心理阴影？除了面对钢琴，叶甫盖尼·基辛行动起来总是极不协调，比如，在《音乐天才》这部片子中，大量剪辑了他在阿尔伯特音乐厅[1]独奏音乐会的片段。片段中，一曲终了，基辛总是虔诚地向音乐厅四周的观众鞠躬致谢。他鞠起躬来，简直就是一尊受人摆布的提线木偶。

不过，苏联时期，国家虽然在尽一切所能压缩人民的基本生活需求，但在人才培养方面，这个国家真是不遗余力。

---

1. 阿尔伯特音乐厅（Royal Albert Hall），位于英国伦敦威斯敏斯特城区骑士桥的艺术地标，该音乐厅最众所周知的活动是自1941年以来一年一度的夏季逍遥音乐会。自维多利亚女王在1071年为音乐厅开幕后，世界顶尖的艺术家都会出现在该地标。它每年举办超过350场演出，包括古典音乐演奏会、摇滚乐和流行音乐音乐会、芭蕾和歌剧、网球、颁奖典礼、学校和社区活动、慈善演出和豪华宴会。

格涅辛音乐学院[1],由著名的格涅辛音乐世家创立于1895年。这所坐落在莫斯科的知名高等音乐学府,以乳白色的三层俄式建筑群为主体,典雅而静气,是一个大师辈出的摇篮。尽管格涅辛音乐学院附设了附中和大专部,但对一个五岁的孩子来说,无论如何,格涅辛音乐学院的门槛都太高了。

可是,叶甫盖尼·基辛是个天才。他十一个月大时就能哼唱出担任钢琴教师的妈妈弹奏的巴赫的《赋格》,2岁开始学琴后不久,就有了背谱弹奏的能力,到了4岁,竟然能凭借记忆完成一部协奏曲!瞧他那张旧照片,小小的人儿跪在琴凳上俯向琴键,像是还不能表达自己对钢琴的爱之深切,索性张嘴冲琴键啃将过去。凭借天赋异禀,5岁的基辛就被一向以严苛著称的格涅辛音乐学院录取,师从后来成为他终生钢琴老师的安娜·帕夫洛夫娜·坎特尔[2]。然而,上帝对基辛的厚爱,就算是顶尖的音乐学院格涅辛也无法满足他旺盛的求知欲,1981年,10岁的他开始到苏联专门为天赋优异的儿童开设的机构上课……

与此同时,苏联开始给基辛这个音乐神童提供表演的舞台,从10岁开始的钢琴协奏曲到隔年的钢琴独奏音乐会,再到苏联国家录音厂美罗迪亚为其录制的《俄罗斯钢琴学派》第十集唱片,等等。解体前的苏联,用举国体制

---

1. 格涅辛音乐学院(Gnessin State Musical College),建于1895年,位于俄罗斯首都莫斯科,是与莫斯科音乐学院齐名的音乐类高校,校名来自于三名创始人——格涅辛姐妹。
2. 安娜·帕夫洛夫娜·坎特尔(Anna Pavlovna Kantor, 1923—),俄罗斯音乐教育家、钢琴家。

>格涅辛音乐学院,莫斯科

将叶甫盖尼·基辛捧在了手心里。基辛也没有浪费天赋才华，12岁起频繁到美国、西德、日本、法国、英国等地演出，为祖国赢得了荣誉。

一个愿意倾其所有将基辛推向钢琴家的最高殿堂，一个也在用自己的才华为祖国再添荣耀，两相结合，1991年前，世界乐坛大概有不少人猜测，苏联又将谱写一曲将大卫·奥伊斯特拉赫[1]推向小提琴演奏大师宝座的华章。当然，时间已经证明，这只是一个空想。1991年，叶甫盖尼·基辛和全家以及钢琴老师安娜·帕夫洛夫娜·坎特尔一起流亡纽约，因母亲不喜欢美国，四年后，基辛和全家以及钢琴老师安娜·帕夫洛夫娜·坎特尔一行又来到英国，定居伦敦直到今天。纪录片《音乐天才》就拍摄于英国，彼时基辛26岁，身穿蓝灰色、砖红色相间的宽条纹衬衫接受采访的他和穿着白色礼服在黑色、泛着优雅光泽的钢琴前于阿尔伯特音乐厅演出的他交替出现在屏幕上，诉说着过往，呈现着当下。

当下是，华灯熄灭的英国阿尔伯特音乐厅里，唯有一束乳白色的追光打在音乐厅舞台的中央，那里，刚刚还用别扭的姿态从甬道走上来的基辛，只花了数秒钟就将自己与钢琴勾连起来，"未成曲调先有情"，从基辛水波一样潋滟的眼神开始，李斯特、贝多芬、海顿、肖邦、帕格尼尼、舒伯特，他们写在纸上的音符变成了动人的声音，先

---

1. 大卫·奥伊斯特拉赫（David Oistrakh, 1908—1974），苏联犹太裔小提琴家。

是钢琴家自己,然后是座无虚席的阿尔伯特音乐厅,全都被来自天国的声音感染得失去了自主能力,只能随着音乐摇摆、感慨、叹息。

这一场音乐会,贴上了显而易见的基辛独奏音乐会标签,肖邦的作品是主角。当然,李斯特的激越、贝多芬的慷慨、海顿的无邪、帕格尼尼的跳脱、舒伯特的纯净,基辛的表达无懈可击,可是,肖邦是他隔世的灵与肉的知交呀,所以,肖邦的《夜曲》作品九之二、肖邦《第二钢琴奏鸣曲》、肖邦的《华丽大圆舞曲》、肖邦的《玛祖卡》……帕格尼尼大练习曲第三首亦即李斯特的《钟》节奏之快举世公认,基辛在弹奏这部作品时,都从容得只在额头有薄汗沁出,可他在加演肖邦的《玛祖卡》时,因为是一部慢节奏的作品,基辛双手触琴的刹那么轻柔,优美的旋律淙淙而来后,基辛喃喃自语得更加急切,一直炯炯有神的眼睛缓缓闭上,热汗如断了线的珠子一样啪嗒啪嗒从额头顺着脸颊掉下来。等到《玛祖卡》的最后一个音符缥缈在阿尔伯特音乐厅的上空后,基辛站起来谢幕,又一次如提线木偶一样向四周的乐迷鞠躬……我们看见,那件白色的礼服后背已经被汗水濡湿——基辛用肖邦的作品串联起了他对肖邦的感同身受:近乡情怯、远离后又掩饰不住相思之苦,于是,只好用优雅的、忧郁的琴声在沉静的夜色中独自抒怀。这种身在异国魂在故乡的悲戚,肖邦用他的一组组钢琴作品表达得淋漓尽致,今天,基辛借肖邦杯中的酒浇自己心中的块垒,人们不禁要问:肖邦是因为祖国沦丧而有家回不了？1997年，苏联已经解体多年，已经不再是冥顽不化的苏联，从伦敦搭上飞机，三四个小时就可以回到莫斯科，基辛为什么不愿回家？在鞋里藏了数十美金忐忑不安地逃往美国的钢琴家霍洛维茨[1]，不也回家了吗？我竖起耳朵听基辛怎么诉说过往，但是，一部100分钟的纪录片看完，基辛的诉说，只是在告诉我们，即便是天才少年，他的练琴也是从每天只能安坐20分钟开始的，然后，一个小时、两个小时……渐渐的，钢琴成了基辛的心头大爱，每天放学回家，他几乎等不及脱掉外套就一头扑到钢琴面前，开始了他再练也不会厌倦的琴童生涯。

　　1997年，接受记者采访的时候，基辛只谈艺术，没有一字半句涉及他和他的家人以及老师安娜·帕夫洛夫娜·坎特尔要流亡到美国的原因。又十七年过去了，青年基辛也在自己的琴声和几乎走遍世界的痕迹中慢慢变成世界顶尖的中年钢琴家，对至今"不肯过江东"的执念，他有没有新的说辞？互联网虽然无远弗届，我却无从获知这其中的隐秘。当他的独奏音乐会一场一场地在中国台湾、香港和日本等近在咫尺的地区或国家举行并被乐迷热捧为当世最值得一听的现场时，可望而不可即的遗憾让我总是试图去

---

1. 霍洛维茨（Vladimir Horowitz，1903—1989），美籍俄裔钢琴家。一生获24个格莱美奖。霍洛维茨于1903年10月1日出生于俄国基辅，是基辅音乐学院布卢曼菲尔德的学生，1921年毕业。1924年演出于柏林，很快获得国际声誉。1925年离开苏联，1928年1月12日在美国纽约演奏柴可夫斯基第一钢琴协奏曲引起轰动。同年定居纽约，1933年与托斯卡尼尼的女儿旺达结婚。1965年5月9日在纽约卡内基音乐厅的演奏是中断演奏艺术生涯12年后的复出演奏。从此逐步恢复公开演奏，显示他在斯卡拉蒂、肖邦、李斯特、斯克里亚宾、舒曼和其他作曲家作品上的才能。1986年在他82岁高龄时重返苏联，于莫斯科和列宁格勒各举办了一场音乐会。

破解 1991 年促使基辛携全家带领老师远走他乡的原因——是莫斯科城南那一套三居室的公寓给了基辛太多的成长烦恼？是格涅辛音乐学院的琴童生涯给了他太多的痛苦回忆？还是专门为天赋异禀的儿童开设的机构让基辛不堪回首？所有的问号都是砸在棉花垛上的拳头，只有出击没有回应——这些年，关于苏联，世界各地的出版物层出不穷，

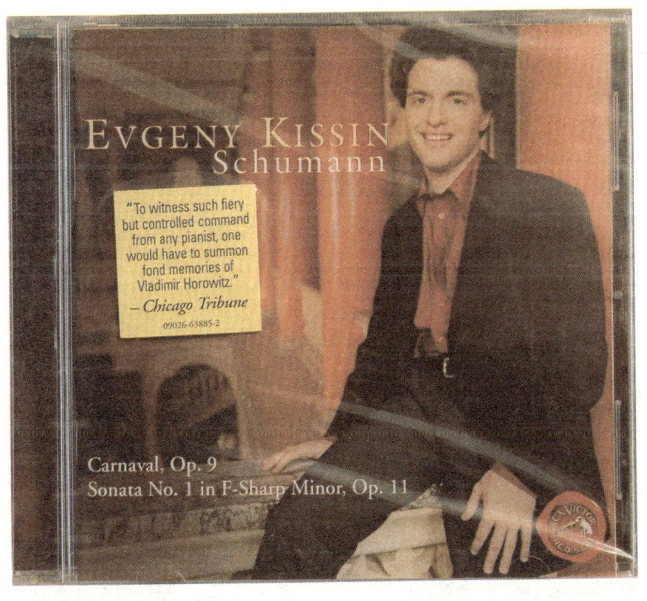

> 基辛的CD

中国也不例外，金雁女士以曾经留学俄罗斯的亲身体验及丰厚的理论素养撰写的厚达七百页的《倒转红轮》，更是从沙皇治下的俄罗斯说起，翔实地解读了将近一百五十年里俄罗斯知识分子的作为，很好。可是，它无法帮助我理解

基辛的出走。

　　那么，基辛是一个偏执的人？不！在阿尔伯特音乐厅的那场音乐会开始前，也许是邻近的伦敦皇家音乐学院的一名学生，拿着基辛的唱片来请求基辛签名。只见基辛没有理睬经纪人的催促，微笑着耐心地在男生递过去的唱片上写上了自己的名字。得到偶像的签名后，男生雀跃着"飞"走了，基辛大笑起来，那笑容，可比彼时伦敦的灿烂阳光。演出结束后，那件在演出中被濡湿的白色礼服还没有干透，走到音乐厅门口，基辛被乐迷们团团围住，他们拿着唱片、票根、节目单等与音乐会相关的物件让基辛签名，基辛又绽开笑容不厌其烦地一一满足了乐迷的要求。这样一位钢琴家，怎么可能偏执？

　　还是"故国不堪回首月明中"？那么，是什么导致了不堪？那一段"城南旧事"到底包裹了怎样的辛酸苦痛？

>叶甫盖尼·基辛演出照

隔排而葬，天堂里已经比邻了吗？

微信扫码
戴上耳机，用声音
为你呈现异国风采

小徐，黑龙江省伊春市人。20世纪90年代，他背井离乡来到俄罗斯，先读书后当导游，已经在莫斯科生活了近二十年。大概是中国人的胃消纳不了黄油和肉肠，小徐很胖，挺得高高的肚腩撑起T恤后，人未免显得拖沓，但小徐没有因此自轻，与我们相识不久就高调宣称："我是莫斯科最好的中文导游。莫斯科的中文导游都是我的徒弟。"

我当然不相信他的鬼话。

那一天，小徐带着我们参观新圣女公墓，指着浅褐色墓碑前的一尊汉白玉雕像告诉我们，他叫列维坦[1]，卫国战争时期的电台播音员，因其出色的播音效果在当时民众中有着极大的号召力，希特勒曾叫嚣，一旦攻下莫斯科，他

---

1. 列维坦（Yuri Levitan，1914—1983），苏联著名播音员、人民艺术家，犹太人，因其在苏德战争期间的战时广播及其著名的开场白"请注意，莫斯科在广播（俄语：Внимание, говорит Москва！）"而著名。苏联卫国战争期间，列维坦负责播送苏军战报、最高统帅部命令和其他重要新闻。其播音音色优美、富有激情和表现力，对于鼓舞人民斗志和宣传国家号令起了重要作用。希特勒称其为"头号公敌"，并悬赏25万德国马克捉拿列维坦。1941年冬，德军兵临莫斯科近郊时，拟定的13人黑名单中，第一名是斯大林，第二名便是列维坦。也正因此，列维坦得到了严密的安全保护，并随着电台先后转移到斯维尔德洛夫斯克（今叶卡捷琳堡）和古比雪夫（今萨马拉），但对外仍宣称在莫斯科进行广播。

>马雅可夫斯基之墓

>乌兰诺娃之墓

>列维坦之墓

>图波列夫之墓

>夏里亚宾之墓

>拉夫里洛维奇之墓

涅瓦大街，陀思妥耶夫斯基在左，
果戈理在右

马上要杀掉的两个人就是斯大林和列维坦。看到一尊似乎还在翩翩起舞的芭蕾雕像，小徐告诉我们，这里埋葬着乌兰诺娃[1]，苏联时期传奇的芭蕾舞演员，《天鹅湖》经由她的编舞已成定版经典。松弛地躺坐在椅子上的，是夏里亚宾[2]，十月革命之后逃亡法国不久客死他乡，留下的遗言是坚决不回家，但他还是被安葬在了这里，可见，斯大林有多跋扈。马雅可夫斯基英俊、阴郁的及胸雕像被安放在石柱上，呈二角形倒置、上面刻着翅膀和主人脸庞的墓碑属于图式飞机的设计者图波列夫[3]，形似钢板、头像浮雕下有三个弹洞的墓碑下埋葬着穿甲炮弹设计者拉夫里洛维奇[4]，黑色石墩上立着金色十字架的是《死魂灵》的作者果戈理之墓，旁边设计成火箭样、呈黑白色的墓碑是《变色龙》和《套中人》的作者契诃夫的……

契诃夫只是《变色龙》和《套中人》的作者吗？小徐的戛然而止让我判断，自称俄罗斯最好中文导游的小徐，是一个知道分子。不是吗？创作了大量短篇小说的契诃夫是全世界短篇小说之父，这没错。可是，作为戏剧大师的契诃夫恐怕要比短篇小说家契诃夫更加波诡云谲、更加深

---

1. 乌兰诺娃（Galina Ulanova，1910—1998），苏联最著名的芭蕾舞演员。
2. 夏里亚宾（Feodor Chaliapin，1873—1938），俄罗斯歌剧演唱家，男低音，曾在世界各国众多歌剧院表演，主演多部电影（如《伊凡雷帝》和《堂吉诃德》），出版大量唱片，1927年旅居巴黎期间因向白俄难民捐款，被撤销"人民演员"的头衔，1935年底至1936年4月，夏里亚宾曾在亚洲巡演。1938年，夏里亚宾因白血病在巴黎逝世，多年后被苏联平反，1984年由巴黎迁葬至莫斯科新圣女公墓。
3. 图波列夫（Andrei Tupolev，1888—1972），苏联著名飞机设计师。
4. 拉夫里洛维奇（Vasiliy Gavrilovich Grabin，1900—1980），苏联军械设计师，技术兵上将。苏德战争中曾使用他主持制造的反坦克炮。倡导实施定型结构、统一规格和合理化生产工艺，并把设计与制定生产工艺相结合。

广无边也更具当代性。2014年4月,台湾戏剧导演赖声川曾用联排剧的方式在上海东方艺术中心推出《让我牵着你的手》和《海鸥》。美国剧作家卡罗·罗卡摩拉将契诃夫与其夫人欧嘉四年间写下的八百封情书集合成剧,取名《情书》,被赖声川拿来以后改名为更易被人接受的《让我牵着你的手》,两个人一出戏,用温婉感人的气息渲染了契诃夫对爱情、等待和思念的诠释,从中我们可以寻觅到戏剧在契诃夫心目中至高无上的地位以及他为剧本创作殚精竭虑的过程。而《海鸥》则是契诃夫勇于进行戏剧实验的例证,除了背景被赖声川改换到了20世纪30年代的上海、剧中人物的姓名也全部中国化让人稍感不适外,赖声川版的《海鸥》还是保留了契诃夫赋予《海鸥》的戏剧新气象,那便是注重角色内心世界的挖掘、散点化的反戏剧表现方式以及清新自然、平淡真实的戏剧风格等,无怪乎契诃夫被称作"20世纪现实主义戏剧的奠基人"。

然而,关于卓娅[1]的解说,又让我相信,正如他自己所说,小徐是莫斯科最好的中文导游。

莫斯科新圣女公墓里的卓娅塑像,是一件青铜作品,她昂首挺胸、双腿微曲,经过的人都会感叹:卓娅真美。听到有人称赞卓娅的塑像很美,小徐正色道:不是美,这座塑像揭露的是法西斯的残暴。卓娅被俘时年仅18岁,刑讯逼供不能让卓娅就范后,德国法西斯开始轮奸她,用射

---

[1] 卓娅(Zoya Kosmodemyanskaya, 1923—1941),苏联游击队员,苏联英雄(追授)。她是首位获得这一称号的苏联女性,一位受尊敬的苏联女烈士。

＞卓娅之墓

隔排而葬，天堂里已经比邻了吗？

击逼迫她在雪地上不停歇地奔跑,割掉她的左乳头……雕塑家为卓娅做的这尊塑像,正是卓娅被找到时的样子:头颅高昂是被绳索勒的,双手背在身后是因为被绳子缚得死死的,双腿微曲是因为被绞死时痉挛了,而敞开的左胸则告诉我们,那里的乳头已经不在了。德国法西斯的暴行激怒了斯大林,他亲自签署了一道特别命令,绝对不允许接受杀害卓娅的德军第197步兵师第332团任何官兵的投降,一旦抓到该团士兵,一律格杀勿论——讲解至此,小徐忧戚地顿住了。

像是要给我们"小徐是莫斯科中文导游们的师傅"一个旁证似的,我们刚从卓娅的故事中回到蓝天白云下的莫斯科新圣女公墓,一个带着一群游客的女孩一路高喊"师傅"冲着小徐奔跑过来。既然如此,我问小徐:"这里有没有音乐家的墓地?"小徐一愣,说:"我不知道团队里有喜欢音乐的。有啊,肖斯塔科维奇。"我的天!"一会儿我们去。"他说。

他果然不是很熟悉音乐家,在公墓里转了几个来回才把我们带至肖斯塔科维奇的墓地。回家以后端详他人拍摄的肖斯塔科维奇墓地的照片,才知道那幅曾被刊登在《时代》杂志封面上、肖斯塔科维奇头戴钢盔的著名照片,是我们前去参观的那几天由肖斯塔科维奇的乐迷轻轻地放在公墓里最不起眼的墓碑上的。因其不起眼,无数次带游客来过新圣女公墓的小徐,只道得出他是《列宁格勒交响曲》的曲作者。不错,圣彼得堡被围城的那九百多天里,

>肖斯塔科维奇之墓

　　肖斯塔科维奇创作的《第七交响曲》,又名《列宁格勒交响曲》,于1942年3月5日在彼时更名为列宁格勒的圣彼得堡古比雪夫"文化宫殿"的礼堂首演,同时对全国及国外做现场直播后,极大地鼓舞了苏联军民的士气。不过,戴着钢盔、《列宁格勒交响曲》的曲作者只是肖斯塔科维奇的一个侧面,只有读过他的自传《见证》后再一部一部地聆听肖斯塔科维奇的全部作品,才能了解和理解这个被斯大林随性和随意地摆弄在云泥之间的作曲家的无可奈何。

　　斯大林接替列宁成为苏维埃的最高统帅之后,苏联的艺术家们无一例外地如临深渊。临渊暗忖关乎自己命运甚至生命的选择,有的选择了放弃所有去投靠,比如写出《青年近卫军》这样作品的法捷耶夫;有的选择死守自己的坚持，比如写出《古格拉群岛》等一批惊世之作的索尔仁尼琴。而肖斯塔科维奇，似乎被当局捧上了天和踩到了地狱都不是他自己的选择，他犹如一叶扁舟，在苏维埃的政治风浪里随波逐流，只求在难得的风平浪静时将心里的旋律写在五线谱上，再高标一点的愿望，就是希望能有机会在音乐厅里听到自己的作品。内心是激情澎湃，言谈举止却要跟着苏维埃的政治风潮亦步亦趋，如此心境不能不诉诸肖斯塔科维奇的作品中，而其中的代表作，我认为是他的《第一大提琴协奏曲》。

年长罗斯特罗波维奇[1] 21 岁的肖斯塔科维奇曾经教过他配器法，按理，21 岁的代沟让他们只可能是师生关系，但是，苏维埃的政治风云让他们这两个不愿意无原则地投靠当局的音乐家，很多时候只有抱团取暖。也许，在音乐素养上，肖斯塔科维奇是罗斯特罗波维奇的师长，而在处世之道上，后者恐怕给了老师不少切实可行的建议，所以，到了 20 世纪 50 年代的后半期，两人已经亦师亦友，也就是在这个时候，肖斯塔科维奇萌发了要为罗斯特罗波维奇写一部大提琴协奏曲的念头。

作品是在 1959 年完成的，并如作曲家本人所愿，由学生罗斯特罗波维奇在当年十月于莫斯科首演。我们先通过唱片听一听肖斯塔科维奇这部伟大的作品：作品第一乐章起始的那几段乐句，咚咚咚咚，犹如不期而至的克格勃的

---

1. 罗斯特罗波维奇（Mstislav Rostropovich, 1927—2007），俄罗斯大提琴演奏家、指挥家。

敲门声,又如作曲家逃遁的脚步声,更像是作曲家在斯大林政权统治下不知所措的心跳声——写《列宁格勒交响曲》的时候,肖斯塔科维奇大概未曾想到,斯大林,这个面对德国法西斯的暴行敢于喊出格杀勿论口号的硬汉犹如一枚硬币,另一面是能给如肖斯塔科维奇一样的艺术家带来连连噩梦的暴君。从写作《列宁格勒交响曲》的 1942 年到写作《第一大提琴协奏曲》的 1959 年,十多年的黑云压顶已经让肖斯塔科维奇心头堆积了太多的愤懑和不甘,他需要发泄,需要倾诉。我无数次地听肖斯塔科维奇《第一大提琴协奏曲》的唱片,去现场听麦斯基、古德曼、王健他们演奏肖斯塔科维奇的《第一大提琴协奏曲》也不下十次了,每一次聆听,对作品第一乐章的起始乐句,我总是骇然地期待着,并且没有一次例外地享受到了隐藏在作品里的那种恐惧之艺术美。

1959 年 10 月,罗斯特罗波维奇在莫斯科成功演绎过肖斯塔科维奇的《第一大提琴协奏曲》后,其世界一流大提琴演奏家的地位更加被坐实。此刻,他不愿意像挚爱的师友肖斯塔科维奇那样,在强权之下唯唯诺诺,之后,当索尔仁尼琴用文学作品发难当权者时,罗斯特罗波维奇义无反顾地加入了声援者的队伍,不久便被迫逃离苏联,继而被剥夺苏联国籍。

故乡真是人们无可救药的相思,1990 年,罗斯特罗波维奇重新获得俄罗斯国籍后不久就步履匆匆地回到了莫斯科,在这之后,他以俄罗斯籍音乐家的身份游走世界各

>罗斯特罗波维奇之墓

　　地,向热爱他的乐迷奉献他的琴艺。2007 年,因病死于祖国的罗斯特罗波维奇如愿被安葬在了新圣女公墓里。

　　与死于 1975 年的肖斯塔科维奇的墓碑相比,罗斯特罗波维奇那以音乐元素为主体设计的墓碑大了许多,且中间隔了数排他人的墓地。不知道这对亦师亦友的音乐伙伴在天堂里是否已经比邻而居了?因为,《第一大提琴协奏曲》是他们共同的孩子。

看看,十二月党人的女人们

列宾美术学院,坐落于圣彼得堡瓦西里岛上的涅瓦河畔。虽然行程上有参观列宾美术学院这一项,但是,以完成于1789年的奶白色建筑为主体的列宾美术学院骄傲地闭门谢客,讪讪之下我们只好用"看过列宾的作品就等于去过列宾美术学院"的自嘲,聊以自慰。

遑论世界各地,就是在莫斯科,列宾的作品也是多得让人目不暇接。这不奇怪也不令人意外,列宾一生真是"画海无涯苦作舟",完成的作品数量惊人!如此超负荷的创作,耗散了列宾的精力也伤及了他的健康,晚年的列宾,因为画得太多手都萎缩了,可这位勤勉了一辈子的画家,依然不肯放下画笔,将画板挂在脖子上继续画。坊间有一种莫名其妙的默契,觉得天才和勤奋不可能集中在同一个人身上,于是,一些所谓的权威认定,列宾之所以能成为伟大的画家,在于他的勤奋,而不是他的作品达到了伟大的等级。他的那些大型历史题材的画卷,确实能让人们一睹之下被震撼得无以名状,但那是题材的胜利,而不是绘画技术的胜利。

过于专业的技术分析，对于我这样业余的赏画者来说，没有意义。我只记得，在莫斯科红场圣母升天大教堂里的那幅《1581年11月16日伊凡雷帝和被他杀死的儿子》复制品面前，满地鲜血以及足踏儿子的鲜血、怀抱魂魄正在慢慢散去的儿子的伊凡雷帝，被列宾再现得直教人混淆了生死界限！战栗中我想，原作会更加浓墨重彩、带给观画者的惊恐会更强烈吗？

转天，我们来到距离克里姆林宫不远的一条名叫拉弗鲁申斯基的小街上，等待特列恰柯夫画廊开门。我回头一张望，看见不远处有一尊列宾的雕像，移步过去，看见缓缓流过的莫斯科河上，小桥的栏杆上挂满了爱情锁，不禁走上去一一抚摩……当时只觉是下意识，事后才知道，那是上天在预告：我将直面也许是人世间最对应"衣带渐宽终不悔，为伊消得人憔悴"这句诗的爱情故事。

特列恰柯夫兄弟，19世纪俄罗斯以纺织为业的大富翁，不甘心俄罗斯本土画家的作品游离在欧洲画廊之外的境况，就倾尽所有收藏了俄罗斯画家的作品……今天的特列恰柯夫画廊，是他们兄弟为俄罗斯画家散尽钱财以后，由受过他们恩惠的艺术家们借用他们生前的住宅创立的。用本土画家的作品构建起了18世纪、19世纪俄罗斯的风俗长卷，这是特列恰柯夫兄弟当年有意为之的无意之果，而要将这幅长卷化作文字，假以时日吧，现在，我只想去看看列宾《1581年11月16日伊凡雷帝和被他杀死的儿子》

>《1581年11月16日伊凡雷帝和被他杀死的儿子》，列宾作品

>《帕维尔·特列恰柯夫肖像》，列宾作品

>特列恰柯夫画廊

看看，十二月党人的女人们

的真迹。

真迹上，鲜血果然更加浓稠，游走的魂魄果然更加依依不舍，伊凡雷帝脸上的惊慌和悔意果然更加纵横交错——可是，在特列恰柯夫画廊里，我的注意力被列宾的另一幅画作吸引——《意外归来》。

1825 年 12 月，沙皇亚历山大一世[1] 突然逝世。皇帝暴亡，让宫廷手足无措，唯一能做的，就是让继承者尼古拉一世[2]迅速登基。但是，尼古拉一世成为沙皇需要一段时间，就在皇位空虚的那段时间里，一群深受法国启蒙思想

> 沙皇亚历山大一世　　　　> 尼古拉一世

---

1. 沙皇亚历山大一世（Alexander I of Russia，1777—1825），罗曼诺夫王朝第十四任沙皇、第十任俄罗斯帝国皇帝，保罗一世之子。由于亚历山大一世于拿破仑战争中击败法兰西第一帝国的拿破仑一世，复兴欧洲各国王室，因此被欧洲各国和俄国人民尊为"神圣王、欧洲的救世主"。
2. 尼古拉一世（Nicholas I of Russia，1796—1885），俄罗斯帝国皇帝，1825 年至 1855 年在位。保罗一世第三子。其兄亚历山大一世死后无男嗣，次兄康斯坦丁大公放弃皇位继承权，因此被立为俄国皇帝。

154　　　　涅瓦大街，陀思妥耶夫斯基在左，果戈理在右

影响的俄国知识分子将一场酝酿已久的计划变成了事实，他们几乎同时在乌克兰和圣彼得堡举行武装起义，希望以此推翻沙皇统治，实行君主立宪制。一场没有得到广大民众理解从而得不到他们支持的革命注定以失败告终，十二月革命被镇压了。1826年，比斯捷尔等五位十二月革命的领导人被迅即登基的尼古拉一世处以绞刑，侥幸从绞刑架下逃脱的那些被后人称为十二月党人的俄国知识分子，被尼古拉一世发配到西伯利亚服苦役，不过，他允许他们的妻子不随丈夫远去苦寒之地，但前提是，她们必须与罪犯丈夫断绝关系。

多么熟悉！尤其对经历过或回望过那一段历史的人们来说，让夫妻一方与沦为罪犯的另一方离婚，已是当局制定的天条，只是我们的说法是，划清界限。1958年和1966年的政治运动，不知道有多少对夫妻中的妻子或者丈夫，因为对方被迫枉担了右派、走资派、反革命等虚妄罪名，而果断与之断绝关系、划清界限。

我的一位中学老师，1957年的时候还是个大学生，回家乡过暑假的时候目睹乡亲们难以为继的生活现状后，捧着一颗赤诚之心书写了一份关于"大跃进"真实情况的报告，回校后郑重地交给了党组织。不久，他被打成了右派，被开除学籍发配至青海劳改。在荒芜的青海劳改农场中，我的老师收到了新婚不久的妻子与之离婚的通知书——我们都说老师很坚强，就在其服刑期满可以回老家时，"运动"来了，他再次被加刑数年。他做我们的老师后，因为孑然一身，学校晚间的补课总是安排给他，于是我们就有了一段同路回家的日子。关于他的冤屈，他说得不多，可是，关于新婚妻子离他而去，他数次提及，他说自己的政治生命未及踏上工作岗位就戛然而止都没能叫他失去活下去的信心，但妻子的决绝让他觉得，这个世界上已经没有人需要他了，他想到过自杀。

可是，谁又有权力去责备与"罪犯妻子"或"罪犯丈夫"离婚的人呢？因为至亲被打入另册而生活艰难的例子，多得难以写尽，最著名的例子是，剧作家吴祖光被打成右派以后，因为坚决不肯与丈夫离婚，评剧演员新凤霞被打至瘫痪……明知不可为而为之，我们将无比的崇敬献给新凤霞们，还有一百多年前那些十二月党人的妻子们，是的，尼古拉一世的一纸批文没有解脱她们，而是让她们挣扎在选择的困境里。

列宾，出生于1844年，假设少年时期的列宾开始关注社会，那么，距离尼古拉一世镇压十二月党人起义已经三十多年。可是，时间并没有减弱十二月党人在俄罗斯有良知的知识分子心中的分量，又隔了数十年，画家用四年的时间，将自己对十二月党人的崇敬悉数呈现在这幅题名《意外归来》的画作中。

列宾将《意外归来》的背景设计在春末夏初季节，此时的圣彼得堡，太阳和煦、大地舒展、水草丰美。午后，阳光柔和地洒进画面上的这间屋子里，扭转身子的妇人坐在钢琴前，显然刚刚抬头、眼里满是惊慌和不明所以的

>《意外归来》，列宾作品

孩子们坐在桌旁，面前还有摊着的书本，至于那个惊异得忘记贵族礼仪，膝盖跪在椅子上的妇人，想必在房门被推开前还在与孩子们共读。不速之客打破了一个贵族之家午后的安谧，只是他们，除了开门的女仆面有愠色外，虽情绪各异，但都与惊喜有关，因为，打破他们午后安谧的，是他们熟悉的陌生人。他是跪在椅子上那位妇人的儿子，仔细一看，母亲的脊背已经弯曲，母亲的发辫已经稀疏，那是因为儿子参加了十二月党人的起义被发配千里之外的西伯利亚后，长久的分离让她有些疑惑，眼前这个破衣烂衫的男人，真的是她日夜思念的儿子吗？钢琴前年轻的妇人，是男人的妻子，丈夫被迫离去时他们也许刚刚结婚，对丈夫的身体还没有熟悉就堕入了无尽的相思中，而相思太久的那个人突然出现在眼前，妻子有些疑惑：是他吗？而趴在桌子上回望的，是归来者的弟弟和妹妹。哥哥离开时自己还小，可是，彼时哥哥逗弄自己的神情从来没有淡忘过，所以，弟弟的表情惊喜又意外。而妹妹，也许哥哥走时还未出生，她像是在问：你是谁呀？

画于19世纪末的《意外归来》，写实的是19世纪末俄罗斯对十二月党人的态度。列宁把十二月党人称为"贵族革命家"，"贵族中的优秀人物唤醒了人民"，是19世纪末俄罗斯对十二月党人的盖棺论定，列宾的《意外归来》，与其说是如实反映了侥幸逃过西伯利亚恶劣生存环境得以回家的一位十二月党人的状况，不如说是将19世纪末俄罗斯社会对十二月党人的肯定和赞赏融进了画面里。

不是所有的十二月党人都像画中的那一位，能够挨过恶劣的西伯利亚的天气、缺衣少食的监禁生活以及远离亲人的困厄。十二月党人的起义失败之后，他们的领袖比斯捷尔[1]、雷列耶夫[2]、卡霍夫斯基[3]、穆拉维约夫-阿波斯托尔[4]、别斯图热夫-柳明[5]等以特等罪被处以极刑，数千名起义参加者被处以重刑，121人被流放到人烟稀少、寒冷荒芜的

---

1. 比斯捷尔（Pavel Pestel, 1793—1826），俄罗斯十二月党人将领。
2. 雷列耶夫（Kondraty Ryleyev, 1795—1826），俄罗斯诗人、出版商，十二月党人领袖。
3. 卡霍夫斯基（Pyotr Kakhovsky, 1799—1826），俄罗斯十二月党人将领。
4. 穆拉维约夫-阿波斯托尔（Sergey Muravyov-Apostol, 1796—1826），俄罗斯十二月党人将领。
5. 别斯图热夫-柳明（Mikhail Bestuzhev-Ryumin, 1801—1826），俄罗斯十二月党人将领。

>十二月党人纪念碑,圣彼得堡

看看,十二月党人的女人们

西伯利亚服苦役,他们中的大多数死于异乡,成了孤魂野鬼。有的,则因为他们的妻子在艰难的选择面前,抛家舍子抛弃了富足的贵族生活,为了爱追随丈夫来到了西伯利亚,从而让服苦役中的丈夫时刻感受着至亲的呵护。

十二月党人的女人们面临的是怎样艰难的选择?"凡愿意跟随丈夫流放西伯利亚的妻子,将不得携带子女,不得再返回家乡城市,并永久取消贵族特权。"尼古拉一世看到刚刚颁布的"只要哪一位贵妇提出离婚,法院立即给予批准"的法令,非但没有让十二月党人的妻子们如他所意料的那样迅即与丈夫离婚,还让她们纷纷做出了随夫远行的决定,赶紧又颁布了"补充条款",可是,条款并没有吓唬住那些肩不能挑、手不能提的贵妇们,她们坚信,丈夫在哪里,爱人在哪里,家就在哪里!尽管,她们中的一些人很不理解丈夫为何要参与被后人称为"富人要让穷人过上好日子"的十二月起义。很快,十二月党人的妻子们中的特鲁比茨卡娅,启程去了西伯利亚的监狱。

特鲁比茨卡娅,俄罗斯伟大的诗人普希金曾经爱慕过她,所以,她远去西伯利亚途经莫斯科时,普希金参加了专门为特鲁比茨卡娅举行的欢送会,并在他的长诗《波尔塔瓦》中讴歌了夫人的忠贞:"西伯利亚凄凉的荒原/你的话语的最后声音/便是我唯一的珍宝、圣物/我心头唯一爱恋的幻梦。"

特鲁比茨卡娅之后,陆陆续续又有不少十二月党人的妻子们追随而去,穆拉维约娃、唐狄、尤米拉·列丹久、

>特鲁比茨卡娅

波利娜·盖勃里……尤其是波利娜·盖勃里，这位法兰西女时装设计师，在伊万·安宁科夫被判流放西伯利亚时，她还没有与之结婚。得知爱人因为参加起义而被捕、被流放后，已在服装设计界颇有名声的波利娜·盖勃里马上表示，愿意去西伯利亚跟爱人举行婚礼。大多数人都觉得，法国姑娘都是奢华的巴黎时尚娇惯大的，尼古拉一世也认定波利娜·盖勃里一定是心血来潮，她大概还没到西伯利亚就开始后悔了，既然如此，尼古拉一世很快便批准了波利娜·盖勃里的请求。令尼古拉一世意外的是，波利娜·盖勃里很快出发来到西伯利亚，并很快与伊万·安宁科夫完婚。

一百多名被尼古拉一世流放到西伯利亚的昔日贵族、今日的十二月党人，没有一个如尼古拉一世所估计的那样，因为苦寒地区难以忍受的生活条件而向沙皇当局告饶。他们用付出生命或者生命中最好年华的代价，保全了十二月党人的名声,而他们的付出,一定离不开妻子们的支持。十二月党人的妻子们舍弃优越的生活条件甚至生命,坚定地与自己的爱人站在了一起。穆拉维约娃,只在条件过于艰苦的西伯利亚坚持了七年就魂归西天,死时还不到 30 岁。那些在巴黎与来自异国的男人结为连理的法国姑娘中,也有被过于恶劣的生存环境折磨得得病而死的,比如唐狄,几经磨难终于在西伯利亚与丈夫见了面后,身体已经垮了,没过几年,也撒手人寰了。

唐狄、波利娜·盖勃里、尤米拉·列丹久……这些法国姑娘的选择,至今在许多人心中都是一个谜:19 世纪的法国是全世界的时尚之都,有多少俄罗斯贵族为了巴黎的香氛和奢靡抛弃了家园,谋求成为一个法国人,而她们,却愿意为追随试图让穷人过上好日子的俄罗斯贵族将生命置之度外,为什么?

法国,从来就不只出产可可·香奈儿,在唐狄们追随她们爱人的理想而去的一个世纪之后,法国姑娘西蒙娜·微依,竟然亲身体验工人的重体力劳动来验证自己正在进行的哲学研究的可靠性,终因身体被劳动和缺乏营养的食物败坏,于 34 岁那年死于伦敦的一家修道院。可见,善于左右世界时尚的法国姑娘,最懂得生命何时最有价值。就好比西蒙娜·微依知道自己的价值在哲学研究中一样,唐狄们知道,她们生命的微光,摇曳在了俄罗斯十二月党人的女人这一荣耀里。

女人，是英雄永远的手下败将

认识丁玲，是倒着来的。先是那个臃肿的老妪，坐在轮椅上，花白的头发不加修饰地拢向脑后，满脸皱纹且浮肿着，一件无所谓样式的方领灰布外套，一条面粉口袋似的布裤子。后来，我读了几乎成为丁玲代名词的长篇小说《太阳照在桑干河上》，脖子像是被人掐住了似的，难受又说不出话来。再后来，读到20世纪30年代她与胡也频上穷碧落下黄泉的爱情故事以及与沈从文之间爱恨交加的一段公案，我有些不明白：女作家丁玲的魅力，从何而来？

前不久，丁玲少妇时期的一张照片在微信朋友圈里被刷屏。照片上，瘦长白皙的脸，脸上一双不大却摄人魂魄地看着你我的眼睛，乌黑的齐肩乱发努力整齐着，低领黑毛衣外一件浅色的时髦外套特别合体。我盯着这张照片里的女人，记忆中的丁玲被彻底颠覆了，从而相信，丁玲曾经让洒脱的胡也频魂不守舍，也曾经让木讷的沈从文成了话痨。不过，这张照片所处时期的丁玲，正在迷恋一个大人物，也就是说，除了天生丽质，丁玲那溢出照片的优雅性感,还因为钦慕一位大人物又得到呼应后由内而外生发出来。那么,大人物何以能吸引彼时已以《莎菲女士的日记》盛名文坛的女作家?各种猜测和推理纷繁杂沓,而我则坚定地认为,是大人物举手投足间流露的领袖风采,打动了丁玲。

如我们所知,那张照片上的丁玲,只是刹那的焰火。起初,她还能以文名享受高级干部的待遇。很快,就成了右派,又在"运动"中被打倒。北大荒近二十年的风餐露宿,让照片上的丁玲消散在风中。再回到公众面前,她已是不良于行、肥胖的老妪。

有的女人用最宝贵的年华,给出了一个让天下人非常无奈的例证:女人是英雄的手下败将,比如丁玲。有的女人,则用开到极盛因而枝繁叶茂的生命,给出了一个让天下人唏嘘的例证:女人是英雄的手下败将,比如娜杰日达·阿利卢耶娃[1]。

一个苏联人、一个俄罗斯人死后能否被葬在莫斯科的新圣女公墓里,取决于他在政治、军事、文化、医学等领域是否为俄罗斯做出过杰出的贡献。正因为如此,苏联解体后,休克疗法"造就"了一小撮富可敌国的金融巨头,他们固然可以左右俄罗斯的经济命脉并致使俄罗斯经济衰退,却无法让自己的肉身在新圣女公墓里占据一席之地,因为,固执的俄罗斯人民坚定地认为:钞票不可能成为进

---

1. 娜杰日达·阿利卢耶娃(Nadezhda Alliluyeva,1901—1932),苏联最高领导人斯大林的第二任妻子。

>娜杰日达·阿利卢耶娃之墓

女人,是英雄永远的手下败将

入新圣女公墓的通行证。直到今天，新圣女公墓里还有不少空穴，却没有一块墓碑上刻写着：千万富翁之墓。

俄罗斯人民却允许娜杰日达·阿利卢耶娃那尊汉白玉的雕像矗立在新圣女公墓里，且常年有人在其如生前一般美丽动人的雕像前供奉鲜花。为什么？被俄罗斯人民昵称为娜佳的娜杰日达·阿利卢耶娃不是杰出的政治家，不是杰出的军事家，不是杰出的文化使者，更不是杰出的医学专家，1932年，她死于非命时唯一的社会身份是当时苏联最高领导人斯大林的妻子。血染克里姆林宫领袖夫人的卧室后，借由当年的政治气候，娜杰日达·阿利卢耶娃被葬进了新圣女公墓，情有可原。可是，当赫鲁晓夫那半黑半

>赫鲁晓夫之墓地

白的雕像被很多俄罗斯人侧目时，娜佳的坟前却鲜花"盛开"，这其中的密码该如何破解？

1903年的夏天，巴库海滨，几个儿童正在水边嬉戏，突然，一个小女孩不慎落水。看见玩伴在水里挣扎，小伙伴们吓得叽里呱啦乱叫。就在这个危急的时刻，一个年轻的格鲁吉亚男子纵身跳入海中，一把抓住正在下沉的女孩……女孩得救了，并牢牢记住了这个名叫约瑟夫·朱加什维利的年轻人的模样，特别是当她得知他还是爸爸谢尔盖·雅科夫列维奇·阿利卢耶夫的亲密战友之后。

也就是在1903年，俄罗斯革命阵营发生了分裂，约瑟夫·朱加什维利坚定地站在布尔什维克一边。从那时起直至1917年布尔什维克取得革命胜利，他一直积极进行党的地下工作，曾被捕七次，多次被流放和监禁，在此期间，他使用了"斯大林"（俄语意为"铁人"）这一假名。从此，人们逐渐忘记了他的真名。1917年，娜杰日达·阿利卢耶娃再见昔日的救命恩人时，人们已经改称约瑟夫·朱加什维利同志为斯大林同志，可是，娜佳还是一眼就认出，斯大林就是当年那个在巴库海滨潇洒地跃入海中将她高高托举起来的英雄。

于是，有人说，娜杰日达·阿利卢耶娃与斯大林之间的爱情始于两岁的小女孩对英雄的膜拜。不过，也有人质疑过，因为他们不相信一个两岁孩子的记忆会那么真切又牢固。可我却相信那是真的，我的亲身体验能够证明，一个两岁女孩的记忆，就是可以那么真切又牢固。

女人，是英雄永远的手下败将

1966年,因为破产早早离开家乡来上海讨生活的我的外公,被揪了出来,罪名是破落地主。那天下午,我被幸灾乐祸的小玩伴叫住:"你外公被批斗了,快去看!"我去了,看见居委会临时搭就的台上,我外公的腰很深很深地弯着,脑袋几乎碰到了自己的膝盖。外公穿着灰布长袖衬衫、咖啡色布长裤。

我也怀疑过我的记忆是否虚妄,就向我今年刚刚年逾古稀的阿姨求证,在我两岁的时候我的外公是不是穿着那样的衣裤被批斗过?惊叹以后阿姨斩钉截铁地告诉我,是的。因为,那天她被特意去她单位的街道造反派勒令提早下班回家看着自己的父亲站在台上挨批斗,在造反派的拳脚相加和语言暴力下,她的父亲、我的外公将脑袋埋进了自己的两腿间。

医学证明,"婴儿的记忆大多还是短期记忆。直到三岁时大脑结构发育到可以储存长期记忆,婴儿才会形成我们通常所说的记忆。也就是说,我们对儿时最早的记忆一般开始于三岁。"(博闻网:婴儿有记忆力吗?作者:慎言。)但心理学又通过许多事例告诉我们,强刺激下人的记忆能力会突破医学水平。

娜杰日达·阿利卢耶娃两岁的时候,斯大林24岁。一个24岁的男人在两岁女孩的眼里,就是父亲那样可以依靠和崇拜的男人。这个男人在自己意外落水后奋不顾身地跳到水里将自己救起,这一幕对娜佳来说就是一种强刺激,她完全可能把斯大林的样子烙刻在自己的脑海里,且贴上

>斯大林与阿利卢耶娃

了一个标签:英雄。人们都说,娜杰日达·阿利卢耶娃是在 16 岁那年与斯大林一见钟情的,哪里是什么一见钟情!从两岁那年起,"斯大林是个英雄"这一概念就已经在小小的阿利卢耶娃心里生根,在以后的 14 年中,它发芽、壮大,终于盛开成一朵繁花,足以遮蔽一个有过婚史的 24 岁男人身上的所有毛病,从此,她开始追随他,从圣彼得堡的家中到莫斯科的新政权。她成了克里姆林宫里斯大林的陪衬,而她不自知,陶醉在被英雄捧在手心里的甜蜜中。

然而,与英雄的婚姻也同柴米夫妻的婚姻一样,会从高潮滑入庸常。虽然,起始几年的婚姻生活非常符合娜杰日达·阿利卢耶娃对成为英雄妻子的想象:住在莫斯科近郊石油大亨祖巴罗夫家族的别墅里,操持家务、生儿育女。厌倦了平庸的家庭生活后,可以随时到学校去上学、陪伴丈夫去察里津前线视察……正是在学校上课的那段日子，娜佳目睹了苏联人民的日常生活并不像苏维埃革命宣言里所允诺的那样幸福，人们最基本的生活必需品严重短缺。这让衣食无忧的娜佳心生疑惑，开始质疑丈夫：他还是英雄吗？

英雄的所作所为岂是一个女人可以责难的？哪怕这个女人曾经是他最挚爱的女人。夫妻龃龉到了1932年的那个夜晚终于爆发成一个不可逆转的悲剧。

1932年11月8日，十月革命十五周年纪念日后的第二天晚上，为数不多的克里姆林宫要人在其中一人的家中举行晚宴，庆祝苏维埃的节日。有人见证，为参加晚宴，娜杰日达·阿利卢耶娃精心打扮了自己：将一直梳成发髻的头发披散下来，穿一件从德国进口的黑色连衣裙，发里还插了一小把与连衣裙十分相配的月季。但是，娜佳的精心打扮没能捕获到丈夫的眼睛，她看见微醺的丈夫将面包屑搓成小球后从脖子处扔进图哈切夫斯基将军妻子的晚礼服里。娜佳当然知道当晚的宴席有多重要，她不想事实上也不敢因为自己的冲动而败坏了大家的兴致，就提醒丈夫停止骚扰图哈切夫斯基将军的夫人，然而，越喝越高的斯大林哪里还听得见娘儿们（娘儿们，斯大林对妻子的惯常称呼，也是娜佳最痛恨的称呼）的规劝？他粗野得更加出格，更加频繁地将面包屑搓成小球扔进将军夫人的胸脯。娜佳忍无可忍，愤而离席。

等到曲终人散，醉意深沉的斯大林回到了克里姆林宫，他与阿利卢耶娃争吵了吗？这似乎已不需要旁人作证。只有争吵过，阿利卢耶娃才有可能饮弹而死，只是，争吵中的阿利卢耶娃有没有后悔过，自己曾经对英雄俯首帖耳？没有答案。更凄楚的是，娜佳死时，苏联正处在言论极度不自由的状态下，哪怕是娜杰日达·阿利卢耶娃的近身保姆，都不敢说出1932年11月8日深夜克里姆林宫领袖的官邸里，究竟发生了什么。美人到底是悲愤欲绝以后将枪口对准了自己的太阳穴，还是丈夫一怒之下将枪口对准了两岁时被他救起、17岁貌美如花时就嫁给他的娜佳，从而让她成了自己枪下的冤死鬼，至今也没有答案。

其实，阿利卢耶娃究竟是自杀身亡还是被斯大林打死的，已不重要，重要的是，娜佳的死从精神到肉体再次证明，女人是英雄永远的手下败将。两岁时被约瑟夫·朱加什维利毫不犹豫地从水中救出，16岁时见证斯大林以革命名义的种种果敢行为，那时娜佳心里为斯大林张贴的英雄标签过于闪亮，她根本没有想过，从果敢到残暴之间的距离其实很短。她也就不会去翻阅，在斯大林的辞典里，其实没有长久的朋友，也没有长久的爱情。图哈切夫斯基[1]，为了苏维埃其实更是为了斯大林的江山，立下过怎样的赫赫战功？在斯大林的眼里也只是临时的战友，所以，他会公然调戏图哈切夫斯基的妻子，罗织罪名置图哈切夫斯基于死地，处死图哈切夫斯基之后竟任由受命于他的屠夫们把将军的尸体拖拽出遇害的地下室。并肩作战的战友尚且

---

1. 图哈切夫斯基（Mikhail Tukhachevsky, 1893—1937），苏联红军总参谋长、苏联元帅，为苏联军事理论纵深作战做出重大贡献。

得了个如此下场，更何况，斯大林从来就没有将女人放在眼里过！不错，娜杰日达·阿利卢耶娃是斯大林的第二任妻子，妻子，在斯大林看来只是女人的代称，不然，图哈切夫斯基太太的胸脯怎么会成了他的游戏处？不然，阿利卢耶娃怎么会在盛开时节瞬间凋零于一声枪响中？不然，斯大林怎么不肯出现在阿利卢耶娃的送葬队伍里？不然，阿利卢耶娃在人间的最后一程，斯大林怎么都不肯扶一下棺木送送她？

安葬在莫斯科新圣女公墓里的娜杰日达·阿利卢耶娃，以一尊汉白玉雕像向我们证实，她曾经来过，爱过，幸福过，悲伤过，委曲求全过，焚心于火过，终于，玉石俱焚。我们站在婀娜的阿利卢耶娃雕像前怀念她，只是惋惜一对英雄美人没能白头到老吗？那就辜负了雕塑家的一片苦心。君不见雕像组成部分的那只手，粗壮粗糙得不像是女人的手吗？这只看上去强有力的手，属于男人，是一只摧花时毫不怜惜的男人的手。

也许有人会说，阿利卢耶娃不幸，正巧遇到了越过英雄的界限而成为暴君的斯大林。自古英雄多无情，西方的希腊神话、罗马神话，东方的中国唐传奇、日本幕府故事中，多少冰雪聪明的女子最终成了英雄的手下败将？

"多情剑客无情剑，万古柔情亡豪侠"，豪侠不想亡，只好剑断柔情。

让他醉吧,他已完成《图画展览会》

>穆索尔斯基肖像

我已经很长时间没有追看国产电视剧了,原因是,没有比这一种艺术形式更如决堤的江河一泻千里的了。虽说年年都在评最佳,《无悔追踪》之后可有哪一部能望其项背的?那真是国产电视连续剧的一座高峰。

也许,这只是我一个不愿纠偏的错觉。因为,我无法忘记,当王志文扮演的国民党潜伏特务在夜深人静的时候,扭开收音机"哗啦哗啦"调台后,伴随着尖锐的啸叫声,一听就是台湾腔的女声轻轻地撩拨起我的耳朵,等到我的耳膜完全苏醒后,更强烈的听觉慰藉传送过来:钢琴独奏《漫步》,来自俄罗斯作曲家穆索尔斯基[1]的《图画展览会》。彼时,戏里戏外均已夜阑无声,戏里的人因为当年许下的诺言必须在一双双警惕的眼睛偶尔留出的缝隙里完成

---

1. 穆索尔斯基(Modest Mussorgsky, 1839—1881),俄罗斯作曲家。他以歌剧歌曲《鲍里斯·戈东诺夫》和钢琴组曲《图画展览会》著名。他与鲍罗丁、里姆斯基-科萨科夫、居伊以及巴拉基列夫组成"强力集团"或称"五人团",被认为是19世纪典型的俄罗斯本土作曲家。穆索尔斯基早逝,其身后留下很多未完成或未配器的作品,由里姆斯基-科萨科夫、格拉祖诺夫和拉威尔等人补充完成。

勾当；戏外的人则被一整天烦琐的日常生活逼迫得精疲力竭，只会被动地随着《无悔追踪》的剧情喜怒哀乐。突然而至的钢琴版《漫步》，犹如清风，点醒了我已经麻木的听觉。

俄罗斯人的姓名又长又拗口，但这个名字我一下子就记住了，穆捷斯基·彼得洛维奇·穆索尔斯基。因为，《图画展览会》中的"串场曲"《漫步》，被《无悔追踪》的编导用作了潜伏特务的联络暗号，几乎出现在每一集中。如清泉一般叮咚作响的钢琴版《漫步》一响起，我就会默念一遍这个名字。戏完曲不终，我开始留心起穆索尔斯基，乍一看见俄罗斯画家列宾画的他的一幅肖像，一愣之下我几乎想要痛哭一场：这就是写出《图画展览会》和《荒山之夜》的穆索尔斯基吗？

> 《穆索尔斯基》，列宾作品

2015年8月的俄罗斯之行，我把去看看穆索尔斯基写在了心愿单上。不知道求证了多少次，肥硕的身体套一件玄色外套，玫瑰色的围巾也许还是画家为了画面色彩丰富添上去的；微微侧向右边的脸上，鼻尖圆而呈酒红色，嘴巴被乱蓬蓬的胡子遮住了，只看见那双惺忪的看似匕首实际只看得见自己鼻尖的眼睛，一片空蒙——列宾的这一幅肖像，画的就是穆捷斯基·彼得洛维奇·穆索尔斯基。可是，我的记忆固执地指向这样的穆索尔斯基：瘦削的个子，穿一身戎装，白净的脸上五官清秀，分头梳得特别讲究，微曲的右腿笔挺的左腿在告诉我们，这个小伙子整装待发了。2015年8月的俄罗斯之行，我就是想在圣彼得堡——穆索尔斯基逗留时间最长的地方搞清楚一个疑问：圣彼得堡军事学院的穆索尔斯基，是怎么变成列宾画笔下的穆索尔斯基的？这真是一个自欺欺人的设问，难道我不知道是什么害了穆索尔斯基吗？

是伏特加！

新世纪元年的冬天，我们去符拉迪沃斯托克游玩。停留在绥芬河等待前往目的地的火车时，我平生第一次真切体验到了"风像刀子一样割在脸上"的滋味，不免有些担忧：符拉迪沃斯托克会冷成什么样子？换了轨道的火车继续向北，两个小时之后，我们惊喜地发现，符拉迪沃斯托克竟然比绥芬河温润许多。尽管如此，大洋已经封冻成一大片冰原，在缩头缩脑的阳光照射下，冰原愈发寂寥，只有当地的几位老人，坐在冰面上垂钓。垂钓，是一项安静

让他醉吧，他已完成《图画展览会》

的体育项目，看见他们如冰雕一样坐在洋面上等待冰下的鱼儿咬钩，我忍不住想问：不冷吗？矜持的俄罗斯人不屑回答我们的问题，我们只有自己观察——几乎每一位垂钓者的脚边，都竖着一瓶伏特加。

岂止是垂钓者的脚边！我们所住宾馆的门前有一家小店，半壁江山给了伏特加，而且，无论什么时候撞进店里，都会遇见几个男人手肘撑在柜台上，和柜台里的男人一人一瓶伏特加，相谈甚欢。

于是我就想：伏特加一定是琼浆吧？离开符拉迪沃斯托克前，我特意跑到市中心那家貌似很高级的百货商店，为家人挑选了一瓶伏特加。可是那酒，家人打开后只抿了一小口就束之高阁。曾经试过拿它做料酒炒一盘酒香草头，硬是将南方油绿的嫩苜蓿，弄成了辛辣无比的腌臢物。

真应验了"彼之毒药我之良药"这一句老话，我不能忍受一小嘬的伏特加，对于穆索尔斯基来说就是念兹在兹的琼浆玉液。那一年，他才38岁，刚刚以歌剧《鲍里斯·戈都诺夫》向俄罗斯音乐界、知识界宣示：他的确是强力五人团里最有天赋、最有才华的那一个。

穆捷斯基·彼得洛维奇·穆索尔斯基真是得上帝之宠爱，这个在靠近爱沙尼亚和拉脱维亚边境的普斯科夫长大的富有地主家的儿子，只跟母亲学了几手钢琴，便在7岁那年就能演奏以难度著称的李斯特钢琴小品了。1852年，13岁的穆索尔斯基被送到圣彼得堡军事学院读书，业余时间跟随当时圣彼得堡的钢琴名师安东·赫克学习钢琴。在安东·赫克老师的帮助下，穆索尔斯基的第一部作品《陆军准尉波尔卡》问世，也算是用音乐作品为自己的军校生活做了总结。1859年，少尉穆索尔斯基到莫斯科禁卫团任职，在那里，他结识了帮助他立志成为俄国人民音乐家的巴拉基列夫，开始研习贝多芬、舒伯特、舒曼等人的作品。

1861年，俄罗斯实行农奴制改革。这一改革让富有的地主家庭境况一落千丈，穆索尔斯基不得不离开莫斯科，回到普斯科夫[1]的家里帮助兄弟管理家庭财务。然而，越来越糟糕的家庭状况已不能支撑穆索尔斯基做一个挣不到钱的音乐家，他只好到沙皇的内政部工程科担任联络员。枯燥乏味、因循守旧的小职员生涯，几乎折损了穆索尔斯基的天赋和才华，幸运的是，此时，他有密友巴拉基列夫[2]、鲍罗丁[3]、里姆斯基－科萨科夫[4]和居伊[5]，他们在一起谈论艺术、哲学和政治，志趣相投的他们，自号为强力五人团。虽然只有巴拉基列夫一人为专业音乐人，但强力五人团怀揣年轻人的胆气喊出了"俄国音乐应该建立在俄国民族之上"的口号，并积极实践，日后形成了与以柴可夫斯基为圭臬的学院派不分轩轾的新俄罗斯乐派。

---

1. 普斯科夫（Pskov），俄罗斯西北部的一个古城，位于圣彼得堡西南约250公里处。是普斯科夫州的首府。
2. 巴拉基列夫（Mily Balakirev，1837—1910），俄罗斯钢琴演奏家、指挥家和作曲家，以积极推动俄罗斯民族主义音乐而闻名。
3. 鲍罗丁（Alexander Borodin，1833—1887），俄罗斯作曲家，同时也是化学家。19世纪末俄国主要的民族音乐作曲家之一。
4. 里姆斯基－科萨科夫（Nikolai Rimsky—Korsakov，1844—1908），俄罗斯作曲家、音乐教育家。他和鲍罗丁、穆索尔斯基、巴拉基列夫和居伊并称为"强力五人团"。
5. 居伊（César Cui，1835—1918），法裔—立陶宛裔俄罗斯军官、作曲家、音乐评论家。

《荒山之夜》当是新俄罗斯乐派的扛鼎之作吧？后来，不知道被多少作家移用或化用为作品标题的穆索尔斯基的管弦乐作品，写于他不得不再次回家乡蛰伏度日的那些日子里。在这部描写万圣节夜晚群魔乱舞的作品里，仿若灵光乍现，穆索尔斯基让妖魔鬼怪在不和谐的音符及和弦中慢舞、热舞、劲舞、狂舞，直到鸡鸣钟声敲响，黎明来临。不和谐，这神来之笔是不是启发了美籍奥地利无调性音乐大师勋伯格？这还需要问吗？

《荒山之夜》成功之后，穆索尔斯基搬回圣彼得堡，以期再接再厉。音乐是心向往之的精神家园，可是，食不果腹的话，精神家园也会荒芜一片。无奈之下，回到圣彼得堡的穆索尔斯基先在内政部的林业科谋到一职以确保一日三餐，同时，着手创作歌剧《鲍里斯·戈都诺夫》。1869年12月，第一稿完成，却被马林斯基剧院退回，穆索尔斯基只好对自己的宝贝大动干戈，然而，完成于1872年7月的修改稿，再次不被马林斯基剧院待见。沮丧至极，沮丧至极。穆索尔斯基的落寞被圣彼得堡的一群歌手看在了眼里，他们决定联合起来帮助他们的作曲家，就在一次义演中上演了《鲍里斯·戈都诺夫》的第三幕。天哪，大获成功，于是，穆索尔斯基再次对作品做了精益求精的修改。1874年2月8日，歌剧《鲍里斯·戈都诺夫》在马林斯基剧院首演并大获成功，可是，作曲家却没有像好友期待的那么兴奋，因为，他惊恐地发现，自己有了痴呆征兆，就开始酗酒以获取更强劲的创作灵感和动力。

世界上不知道有多少艺术家跌倒在酒精里，以至德国哲学家尼采在他的经典著作《悲剧的诞生》中确立了一个术语：酒神精神。他认为，酒神精神喻示着情绪的发泄，是抛弃传统束缚回归原始状态的生存体验，人类在消失个体与世界合一的绝望痛苦的哀号中获得生的极大快意。德国作曲家瓦格纳曾经专门谈到过作为一种审美状态的酒神现象或醉的激情，只是，酒喝到怎样的程度才能让自己处于"醉的激情"中又不至于伤害到自己的健康，这是一个很难把握的度。试想，一瓶伏特加下肚，脑子里焉有"把控"这个词？列夫·托尔斯泰曾经酗过酒，但他悬崖勒马，从而使自己的创作生涯几乎保持到了生命的终点。穆索尔斯基极富才华，但是，他距离伟大应该就是一堆伏特加酒瓶的距离吧，他被酒精俘获了，陷入一个不可逆转的怪圈：不喝酒创作难以为继，一喝酒又会过量，创作于是无法进行……

1873年，与穆索尔斯基有很深交情的建筑家维克多·哈特曼[1]去世，让他备受打击。来年，哈特曼的绘画遗作展览会在圣彼得堡的美术学校举行，穆索尔斯基前去观赏后大受启发，回家后将全部的感慨谱写成钢琴组曲《图画展览会》。

这部19世纪俄国最具独创性的作品之一，由《侏儒》《古堡》《杜伊勒里宫的花园》《牛车》《雏鸟的舞蹈》《两

---

1. 维克多·哈特曼（Viktor Hartmann, 1834—1873），俄罗斯建筑家、画家。

>维克多·哈特曼

个犹太人》《里莫日的集市》《墓穴》《鸡脚上的小屋》和《基辅的城门》这十首与维克多·哈特曼的图画有关的小品组合而成,用有间奏效果的《漫步》主题串联起来。十首标题小品,各有各的妙处,几乎每一位爱乐者都能从中找到自己的最爱。不过,串场的《漫步》倒是人听人爱,不是吗?我们国家的电视剧在为一个潜伏特务设计联络暗号时,也选择了钢琴版的《漫步》。

令人伤悲的是,《图画展览会》之后,穆索尔斯基将自己的生命过多地用在了"漫步"在酒国中,以致浪费了一位仁慈的上司准予的三个月乌克兰音乐之旅。朋友们痛心地告诫穆索尔斯基停止酗酒,酗酒已经让他浪费了才华、理不清思路。可是,当穆索尔斯基听从朋友们的劝告

>《雏鸟的舞蹈》,哈特曼绘画作品

>《基辅的城门》,哈特曼绘画作品

>《墓穴》,哈特曼绘画作品

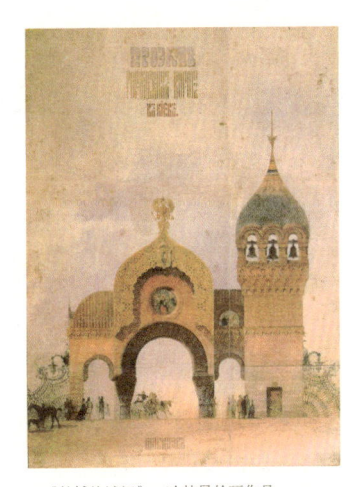

让他醉吧,他已完成《图画展览会》

暂时远离酒瓶后,他一脸的痴呆相让朋友们怀疑:是不是只有在酒精的辅佐下,穆索尔斯基才是那个才华横溢的作曲家?

酒精作用下,穆索尔斯基从翩翩公子变成了列宾画笔下的臃肿脏汉。2015年8月的一天,在特列恰柯夫画廊里面对我久久不愿认可的穆索尔斯基的肖像,我痛心疾首,暗自落着泪喃喃自语:让他醉吧,他已经完成了《图画展览会》。

事实上,穆索尔斯基在写完《图画展览会》的未定稿后不久,于1881年死于酒精中毒,年仅42岁。是他强力五人团的好友、作曲家里姆斯基-科萨科夫对其作品加以整理后才使之走进音乐会。之后,法国作曲家拉威尔听到钢琴版的《图画展览会》后,觉得用管弦乐表现会更加恢宏,更加贴近作品的内涵,就将其重新配器。从那之后,管弦乐版的《图画展览会》不胫而走,走遍了全世界,走到了今天。

不过,我更愿意聆听钢琴版的《图画展览会》,除了第一次通过《无悔追踪》听到的,就是钢琴弹奏出来的铮铮钬钬的《漫步》外,2015年8月去俄罗斯时我的心愿单上还有一项,就是到穆索尔斯基的墓前问问他,怎么就会被杯中物纠缠得猝死于中年?此刻,钢琴版的《漫步》是最适合的背景音乐。

穆索尔斯基被埋葬在了圣彼得堡的亚历山大·涅夫斯基修道院里。后来,我没有去亚历山大·涅夫斯基修道院。

>穆索尔斯基之墓,位于圣彼得堡亚历山大·涅夫斯基修道院

>柴可夫斯基之墓,位于圣彼得堡亚历山大·涅夫斯基修道院

柴可夫斯基也葬在那里,这位音乐成就远远高于穆索尔斯基的俄罗斯音乐家,生前对穆索尔斯基非常不屑。我怕我站在亚历山大·涅夫斯基修道院的墓地里,会听见柴可夫斯基在嘀咕同为作曲家的穆索尔斯基的不是,那是我非常不愿意听到的声音。

让他醉吧,他已完成《图画展览会》

读透一本好书，不仅仅是"读过本书"
更要"读懂本书"

为了帮助你更好地阅读本书，我们提供了以下线上服务

- 作者故事　听听作者的亲身经历，读懂文字背后的感情
- 听懂俄罗斯　戴上耳机，用声音为你呈现异国风采
- 记录感悟　人人都是文学家，随时记下自己的感悟
- 人生随笔　静心听散文，让你在生活间隙也能品味人生

微信扫码
加入读者交流圈
快来和本书书友聊聊